中公文庫

国のない男

カート・ヴォネガット
金原瑞人訳

JN150502

中央公論新社

国のない男　目次

本文中、（　）は原注、〔　〕は訳註を表す。また＊は章末に訳者傍注があることを表す。

ILLUSTRATIONS

*

善が悪に勝てないこともない。
ただ、そのためには天使が
マフィアなみに組織化される必要がある。

THERE IS NO REASON
GOOD
CAN'T TRIUMPH
OVER EVIL,
IF ONLY ANGELS
WILL
GET ORGANIZED
ALONG THE
LINES
OF THE MAFIA.

国のない男

ジャングルの闇に潜むライオン・ハンターも
セントラルパークで眠りこける飲んだくれも
中国人の歯医者もイギリスの女王も
みんな仲良く同じマシンのなか。
いいね、いいね
そんなにも違う人々が同じ乗り物のなか！

――――ボコノン

OH, A LION HUNTER
IN THE JUNGLE DARK,
AND A SLEEPING DRUNKARD
UP IN CENTRAL PARK,
AND A CHINESE DENTIST
AND A BRITISH QUEEN
ALL FIT TOGETHER
IN THE SAME MACHINE.
NICE, NICE,
SUCH VERY DIFFERENT
PEOPLE IN THE SAME
DEVICE!

— BOKONON

1

わたしは末っ子だった。どこのうちでも、末っ子というのはたいがいジョークがうまい。そうでないと、大人の話に混ぜてもらえないからだ。わたしの場合、姉は五歳上で、兄は九歳上で、両親はそろっておしゃべり好きだった。だから幼い頃、夕食の団らんでは、わたしの話なんてだれもおもしろいと思ってくれなかった。子どもの報告する今日の出来事なんて興味がないにきまっている。みんなが好む話題といえば、もっとましなものばかり。たとえば、高校で何があったとか、大学でどうしたとか、仕事で何をしたとか。だから、わたしが会話に加わるためには、なんでもいいからおもしろいことを言うしかなかった。おそらく、最初は偶然だったと思う。たまたま、言ったことがしゃれか何かになっていて、みんながへえという顔でこっちを見たとか、そんな感じだったのだろう。そのときわたしは初めて気がついた。大人の話に混ぜてもらうには、ジョークを言えばいい。

わたしが子どもの頃は、ちょうど大不況で、「笑い《コメディ》」全盛時代だった。多くの素晴らしいコメディアンの声がラジオから流れていた。わたしは知らず知らず、彼らから学んでいた。子どもの頃はずっと、ほぼ毎晩一時間はラジオのお笑い番組を聞いて、ジョークがどんなものなのか、人にどんなふうに作用するものなのかに興味を持つようになった。

ジョークを言うときは、なるべく攻撃的にならないようにする。わたしがいままでに書いてきたジョークで、ぞっとするようなものはあまりないと思う。多くの読者が顔をしかめたり、落ちこんだりするようなものは書いていないつもりだ。多少どきっとするようなものといえば、たまに出てくるいやらしい言葉くらいだろう。どうやってもジョークにならない素材というものがある。たとえば、アウシュビッツについてユーモアたっぷりに書いた本とかコメディは想像しがたい。また個人的にだが、ジョン・F・ケネディやマーティン・ルーサー・キングの死はジョークにできない。そういったもの以外で避けたい題材や、どうしようもない話題は何ひとつ思いつかない。破滅的な大災害なんかもおもしろい題材になるということは、ヴォルテールの例でもよくわかる。彼は一七五五年のリスボン大地震の経験を生かして『カンディード』を書いた。

わたしは連合軍によるドレスデンの大空襲をこの目で見た。空襲前の街を見て、地下室に入り、地下室から出て、空襲後の街を見た。声をあげて笑う以外なかった。心が何かから解放されたくて、笑いを求めたのだと思う。

どんな題材も笑いの対象になりうる。アウシュビッツの犠牲者にも、寒々しい笑いのネタくらいはあったかもしれない。

ユーモアというのは、いってみれば恐怖に対する生理的な反応なんだと思う。フロイトによれば、ユーモアは欲求不満に対する反応のひとつらしい。彼はこんなことを言っている。門から外に出られない犬が門を引っかいたり、土を掘ったり、うなったりといった無意味な行動をとることがあるが、これは欲求不満か驚愕《きょうがく》か恐怖にそうやって対処しているのだ。

笑いが恐怖によって生じることはかなり多い。何年か前、テレビのお笑い番組を手伝ったことがある。そのときわれわれは番組全体にひとつの統一感を与えることにした。各エピソードのなかに、原則としてなんらかの形で死を混ぜこむことにしたのだ。そうすれば、それが視聴者を大笑いさせるための仕掛けだと気づかれずに、どの笑いもいっそう強烈になる。

皮相な笑いというものがある。たとえば、ボブ・ホープ[*1]はあまりいいコメディアンではなかったと思う。軽いジョークばかりで、観客を不安にさせるようなことは決して口にしなかった。わたしは、ローレル＆ハーディ[*2]には笑い転げた。彼らのジョークには、かなり悲劇的な要素があったからだ。だがふたりのような心やさしい人々は、いまの世界で生き残ることはできない。常に危険な状態にある。あっさり消される可能性もある。

＊

どんなにシンプルなジョークであれ、多少なりとも恐怖や不安を支えにしている。

たとえばこんなクイズもそうだ。「鳥のフンに混じっている白いものはなんだと思う?」聞かれたほうは、授業で先生に質問されたときのように、一瞬、自分がばかな答えを言ってしまうんじゃないかと不安になる。そして「あれも鳥のフンさ」という答えを聞いて、反射的に感じた不安を笑い飛ばすことになる。なあんだ、ただのなぞなぞ遊びだったんだ、と。

「消防士はなぜ赤いサスペンダーをしているのか?」とか「なぜ、ジョージ・ワシントンは丘の中腹に埋葬されたのか」とか、どれも同じだ。

たしかに、笑えないジョークというものもある。フロイトの言葉を使えば、「絞首台のユーモア」というやつだ。[*3] 現実にはとことん絶望的な状況があって、そういう場合は、どんな慰めも考えられない。

だがドレスデンで大空襲に遭ったときは違った。われわれは地下室のなかに座って、頭の上に手をあげていた。天井が崩れてきたときの用心のためだ。そんなときある兵士が、まるで寒い雨の晩に屋敷にいる公爵夫人みたいな口調で言った。「貧しい人々は、今夜どうしているのかしら」だれも笑わなかった。が、だれもがありがたいと思ったに違いない。少なくとも、おれたちはまだ生きている! 彼はそれを証明してくれたのだから。

＊1　一九〇三―二〇〇三年。二十世紀アメリカを代表するコメディアン。
＊2　一九二六年デビュー。コメディアン・コンビとして映画で大活躍した。
＊3　月曜日、絞首台の前に連れていかれた死刑囚が「こいつは、週明けから縁起がいいや」と言うジョーク。

すべての物事が
つじつまが合うものであってほしいと思う。
そうすれば、われわれはみんな
ハッピーになれるし、
不安にならずにすむ。
だからわたしは嘘をいくつもついてきた。
そうすれば、すべてが丸く収まるし、
この悲しい世界を
楽園にすることができるからだ。

I WANTED ALL
THINGS TO SEEM TO
MAKE SOME SENSE,
SO WE COULD ALL BE
HAPPY, YES, INSTEAD
OF TENSE. AND I
MADE UP LIES, SO
THEY ALL FIT NICE,
AND I MADE THIS
SAD WORLD A
PARADISE.

2

「トゥワープ（twerp）」という言葉をご存じだろうか。わたしがインディアナポリス市のショートリッジ・ハイスクールにいたとき——そう、六十五年前のことだ——「トゥワープ」という言葉は、ケツにはめた入れ歯でタクシーの後部座席のボタンを嚙みちぎるようなひどいやつのことだった（ちなみに「スナーフ（snarf）」という言葉は、女の子の自転車のサドルのにおいをかぐようなやつのことだった）。

最高のアメリカ短編小説である、アンブローズ・ビアスの「アウルクリーク橋でのできごと」を読んだことのない人間はすべてトゥワープだと思う。この短編の舞台は南北戦争だが、作品そのものに政治的な意図はまったくない。まさにアメリカ的天才のなせる技で、デューク・エリントンの「ソフィスティケイティド・レディ」やベンジャミン・フランクリンが発明した燃焼効率のいいフランクリン・ストーブに匹敵する。

それからアレクシス・ド・トクヴィルの『アメリカの民主政治』を読んだことのない人間もトゥワープだと思う。わが政府が受け継いできた強さと弱さについて書かれた本で、これ以上のものはない。

このすばらしい思想書の特徴は何か？　トクヴィルは百六十九年前にこう述べている。アメリカ以上に、金が愛情を左右する国はない。なるほど。

アルジェリア生まれのフランス人作家、アルベール・カミュ。彼は一九五七年にノーベル文学賞を受賞しているが、こう書いている。「とことん真剣に扱うべき哲学的問題はひとつしかない。自殺だ」

そうそう、文学も笑いの宝庫なのだ。カミュは自動車事故で死んだ。カミュの生年は一九一三年、没年は一九六〇年。

わかってもらえると思うが、偉大な文学作品はすべて――『モウビィ・ディック』『ハックルベリ・フィンの冒険』『武器よさらば』『緋文字』『赤い武勲章』『イリアス』

『オデュッセイア』『罪と罰』『聖書』「軽騎兵旅団の突撃の詩」(アルフレッド・テニスン)——人間であるということが、いかに愚かなことであるかについて書かれている(だれかにそう言ってもらうと、心からほっとするはずだ)。

「進化」なんてくそくらえ、というのがわたしの意見だ。人間というのは、何かの間違いなのだ。われわれは、この銀河系で唯一の生命あふれるすばらしい惑星をぼろぼろにしてしまった。それも、この百年ほどのお祭り騒ぎにも似た交通手段の発達によって。うちの政府がドラッグに戦いを挑んでいるって? ドラッグよりガソリンと戦え。われわれの破壊中毒こそが問題なのだ! 車にガソリンを入れて、時速百五十キロで走って、近所の犬をはねて、徹底的に大気を汚染していく。ホモ・サピエンス(知恵ある人)を自称しながら、なんでそんなめちゃくちゃをする? さ、この地球をぶっ壊そうぜ。だれか原子爆弾を持ってないか? そんなもの、いまはだれだって持ってるって。

しかし人類の弁護のためにひと言いっておこう。歴史が始まって以来、エデンの楽園時代も含め、どの時代においても、人間はこうだったのだ。そしてエデンの楽園は別としても、その他の場所すべてで、こういったばかばかしいゲームをやってきた。

こんなことをやっていれば、頭がおかしくなっても不思議はない。もともとはおかしくなかったとしてもだ。ばかな人間を作り出すゲームは、いまの時代にもいろいろある。たとえば、愛と憎しみ、自由主義《リベラリズム》と保守主義、自動車、クレジットカード、ゴルフ、女子バスケットボール。

*

わたしは五大湖近辺の人間で、真水を浴びて育った。海辺ではなく内陸育ちだ。だから海で泳ぐといつも、チキンスープのなかで泳いでいるような気がする。

わたし同様、多くのアメリカの社会主義者は真水育ちだ。ほとんどのアメリカ人は、社会主義者が二十世紀の前半にどれだけ社会に貢献したかを知らない。芸術、弁論、組織作りといった面で、アメリカ人勤労者、労働者階級の自尊心や誇りや政治意識を高めるのにひと役買ったのだ。

社会的地位や高等教育や経済力のない勤労者は知性も劣っている、というのは偏見にすぎない。それは、アメリカ史の重要な出来事に関わったすばらしい作家とすばらしい政治家を代表するふたりの人物が自学自習の労働者だった、という事実を見ればわかる。わたしが言っているのは、もちろん、イリノイ州出身の詩人、カール・サンドバーグ〔一八七八―一九六七年〕と、ケンタッキー州出身で、インディアナ州を経てイリノイ州に移ったエイブラハム・リンカンのことだ。言わせてもらえば、ふたりとも内陸の人間で、わたし同様、真水育ちだ。もうひとり真水育ちのすばらしい政治家は、社会党の大統領候補にもなったユージン・ヴィクター・デブズ〔一八五五―一九二六年〕だ。もとは機関車の機関士で、インディアナ州テラホートの中産階級の家に生まれた。

真水育ちばんざい！

「社会主義」は決して悪いものではない。それは「キリスト教」が悪いものではないのと同じだ。たしかに社会主義はヨシフ・スターリンと彼の秘密警察を生み、教会を破壊したが、キリスト教もスペイン異端審問を生んだ。実際、キリスト教と社会主義は似ていて、ひとつの社会を理想として持っている。それは、男も女も子どもも、すべてが平等で、飢えることのない社会だ。

アドルフ・ヒトラーはたまたま、その両方をやってしまった。自分の党を「国家社会主義ドイツ労働者党」と名づけた。つまりナチ党だ。ヒトラーのかぎ十字は、異教徒のシンボルではない。その点、多くの人が誤解をしている。あのかぎ十字は、キリスト教労働者の十字で、労働者の道具である斧でできている。

スターリンの教会破壊や現在の中国での教会破壊についてだが、この種類の宗教弾圧はカール・マルクスの次の言葉が原因になっているらしい。つまり「宗教は民衆のアヘンである」というやつ。マルクスがこう書いたのは一八四四年、アヘンおよびアヘン誘導体が、だれもが手に入れることのできる唯一の効果的な鎮痛剤だった頃のことだ。マルクス自身もアヘンを使用していて、その場限りであっても苦痛をやわらげてくれるアヘンに感謝していたという。マルクスは、客観的な事実を述べているのであって、宗教がいいとか悪いとかいう話をしているわけではない。宗教は、経済的、あるいは社会的な困難に対する鎮痛剤になりうるということだ。つまり、宗教を否定しているわけではない。

ところで、マルクスがそう書いたとき、われわれアメリカ人はまだ奴隷を解放していなかった。当時、慈悲深い神の目には、いったいどちらが喜ばしいものに映っただろう。カール・マルクスか？　アメリカ合衆国か？

　スターリンは喜んで、マルクスの比喩を指令と考えた。中国の独裁者たちも同様だ。自分たちを悪く言ったり、自分たちの目標をけなしたりするかもしれない聖職者を追い払えば、権力を誇示できると思ったのだ。

　またこの言葉のせいで、この国の多くの人々が、社会主義者は宗教を否定し、神を否定する、ひどい連中だと思いこんでいる。

　わたしはカール・サンドバーグやユージン・ヴィクター・デブズには会っていないが、会えたらよかったと思っている。こういった国の宝ともいうべき人々の前では、わたしはひと言も口がきけなかっただろう。

　サンドバーグやデブズと同時代の社会主義者に会ったことがある。インディアナポリスのパワーズ・ハプグッド〔一八九九―一九四九年〕だ。いかにもインディアナ州出身らしい理想主義者だった。社会主義というのは理想主義的な思想だ。ハプグッドは、デブズと同様、中産階級の家に生まれ、この国にもっと経済的な公平さがあってしかるべきだと考えた。そして、よりよい国を望んだ。それだけだ。

　ハプグッドはハーヴァードを卒業後、炭坑で働き、仲間を集めて組織を作り、賃金の引き上げと、安全な労働環境を要求した。また無政府主義者だったニコラ・サッコとバートロメオ・ヴァンゼッティの死刑に反対する人々の先頭にも立った。一九二七年、マサチューセッツ州でのことだ。

ハプグッド家はインディアナポリスに大きな缶詰工場を持っていた。パワーズ・ハプグッドはその工場を引き継ぐと、労働者たちに譲ったのだが、工場はそのせいでつぶれてしまった。

わたしがハプグッドとインディアナポリスで会ったのは、第二次世界大戦の終わり頃だった。彼はＣＩＯ（産業別労働組合会議）の役員になっていた。デモで起きた小競り合いについての裁判で彼が証言をしたとき、裁判長が審議を中断して、こうたずねた。「ハプグッドさん、あなたはハーヴァードを卒業なさったのでしょう。そんな学歴のある方がなぜ、こんな生活をお選びになったんですか？」ハプグッドはこう答えた。「はい、キリストの山上の説教を実践したいと思ったからです、裁判長」

もう一度言おう。真水育ちばんざい。

＊

うちは芸術家の家系らしい。かく言うわたしも、それらしいことで生計を立てている。順当といえば順当で、親がやっていたエッソのガソリンスタンドを引き継いだようなものだ。先祖代々芸術関係の仕事をしていたから、自分もその流儀にならった。ただそれだけのことだ。

しかし、画家であり建築家でもあった父は、大不況のときにかなりつらい目に遭ってろくに食えなかったようで、息子をそういった道に進ませたくなかったらしい。わたしに、芸術方面には進むな、まったく金にならないってことは父さんが経験済みなんだからな、と警告した。大学に行かせてやってもいいが、芸術みたいにちゃらちゃらしていない、役にたつ学問をやるのが条件だ、と。

わたしはコーネル大学で化学を専攻した。というのも、兄が化学畑で成功していたからだ。批評家は、理系の教育を受けた人間が芸術に真剣に取り組むことなどありえないと思っているらしいが、わたしはそういう人間だった。大学の文学部の教員は、よく知りもしないで工学部とか物理学部とか化学部とかいうのは恐ろしいところだ、近づくな、と学生たちに教えてる。そして、おそらく、理系の学問を恐れる傾向は文芸批評にも持ちこまれる。ほとんどの文芸批評家は文学部出身で、科学技術などに興味を持つ人間に対しては懐疑的だ。いずれにせよ、わたしは化学専攻でありながら、長いこと文学部の教員としてがんばってきた。科学的思考を文学に取り入れてきたわけだが、そのことに対して、よくやってくれた、と感謝されたことはほとんどない。

わたしはいわゆるＳＦ作家というやつになった。だれかがわたしのことをＳＦ作家と呼んだときから、そうなってしまったのだ。わたしは「ＳＦ作家」と呼ばれたくなかったので、何がまずくて、自分はまともな作家扱いされないんだろうと思ったものだ。それはわたしがテクノロジーについて書いたからかもしれない。有名なアメリカ人作家の多くはテクノロジーについて何も知らない。つまりわたしがＳＦ作家に分類された理由は、単に電気機械工業の中心地であるニューヨーク州東部のスケネクタディという都市のことを書いたから、というだけのことだったのだ。処女作『プレイヤー・ピアノ』はスケネクタディについての本だった。スケネクタディにはでっかい工場がいくつもあって、ほかには何もない。それに、わたしもわたしの仲間もエンジニア、物理学者、化学者、数学者といった連中ばかりだ。だから、わたしがゼネラルエレクトリック社とスケネクタディのことを書いたとき、その場所を知らない批評家は、近未来ファンタジーだと思ったのだろう。

わたしは思うのだが、テクノロジーをろくに書きこんでいない現代小説は、現代の人間を描ききれていない。それは、セックスを排除したヴィクトリア朝時代の小説が当時の人間を描ききれていないのと同じだ。

*

一九六八年、『スローターハウス5』を書いた。わたしはこのときようやく、ドレスデン大空襲を書けるくらいに成長したといっていい。あれはヨーロッパ史上最大の虐殺だった。もちろん、アウシュビッツも知らないわけではないが、わたしにとって虐殺というのは、突然に、ごく短時間の間に膨大な数の人間を殺すことだ。一九四五年二月十三日、ドレスデンで約十三万五千の人間が殺された。イギリス空爆隊によって、ひと晩のうちに。

　とことん無意味で、不必要な破壊だった。すべてが燃えた。あの殺戮《さつりく》を行ったのはわれわれではなく、イギリスだ。イギリスが送った夜間爆撃隊は新型の焼夷弾でドレスデンの街全体を炎上させた。わたしたち少数の戦時捕虜以外、あらゆる有機体は燃え尽きてしまった。あれは一種の軍事実験で、焼夷弾をばらまくことによって全市を焼き尽くすことが可能かどうか試してみたかったのだろう。

　いうまでもなく、捕虜だったわれわれはドイツ人の死体の処理にかり出された。地下室から遺骸を掘り出すのがわれわれの仕事だった。多くが地下で窒息死していたからだ。そして火葬用の薪を積み上げた広い場所に運ぶ。これは聞いた話で、実際に目で見たわけではないが、火葬は途中でとりやめになった。時間がかかりすぎるということもあるが、街に異様な悪臭が漂いはじめたからだ。火葬はあきらめて、火炎放射器を使うことにしたらしい。

　捕虜になっていたわたしや仲間がなぜ助かったのかは、いまでもよくわからない。

　一九六八年、わたしは作家だった。が、売れない作家で、金のためにはなんでも書いた。そして、わたしはドレスデン大空襲をこの目で見て、実際に経験していたから、あれを扱った本でも書こうかと思った。よくある、映画にでもなりそうな本だ。フランク・シナトラやディーン・マーティンなんかがわれわれの役をやるような。ところがどんなに書こうとしても、うまくいかない。ろくなものが書けないのだ。

わたしは友人の家を訪ねた。バーニー・オウヘア。軍隊仲間だ。そしてわたしたちは、大戦中、捕虜としてドレスデンにいた頃のことを思い出そうとした。おもしろおかしい話とか、勇敢なエピソードとか、かっこいい戦争映画の題材になりそうなことを探そうとしたわけだ。するとバーニーの妻のメアリー・オウヘアが顔をしかめてこう言った。「ふたりとも、まだほんの子どもだったくせに」

たしかにその通りだった。実際、兵士はほとんどがガキばかりだ。映画スターじゃない。ジョン・ウェインじゃない。そう思ったとき、それが鍵になった。わたしはやっと、自由に真実を語ることができるようになったのだ。そう、わたしたちはみな子どもだった。そして『スローターハウス５』の副題は「子ども十字軍」になった。

なぜわたしが、二十三年をさかのぼって、ドレスデンで体験したことを書くことになったのか。われわれはみんな物語《ストーリー》を持って国に戻ってきて、それをなんらかの形で清算したいと思っていた。そしてメアリー・オウヘアが言ったのは、つまるところ、「たまには、本当のことを書いてみたらどうなの?」ということだったのだ。

アーネスト・ヘミングウェイは第一次世界大戦のあと、「兵士の故郷」という短編を書いた。これを読むと、故国に戻ってきた兵士に戦争体験を語らせるのがいかに残酷かということがよくわかる。わたしを含め、多くの人々は、一般の人たちから戦争や戦場の様子について尋ねられると、ぴたっと口を閉ざしたものだ。それがまた流行でもあった。自分の戦争体験を語るのに効果的な方法のひとつは、語るのを拒否することだ。そうすると世間の人々は、この人はどんなに勇敢な戦いをしてきたんだろうと、あれこれ想像してくれる。

しかし、わたしやほかの作家を解放してくれたのはヴェトナム戦争だと思う。あの戦争のおかげで、アメリカの指導力と動機がいかにいかがわしく、どうしようもなく愚かであるかが明るみに出た。われわれはそのとき初めて語ることができるようになった。想像を絶する極悪人、つまりナチの連中に対して、われわれがひどいことをしたということを。わたしが見たもの、わたしが報告しなくてはならないものは、戦争がいかに醜いかを教えてくれる。ご存じのように、事実はじつに大きな力を持つことがある。われわれが望んでいないほどの力を。

いうまでもなく、戦争について語らないもうひとつの理由は、とても語れるものではないからだ。

*

世界中でいちばんおかしいジョーク
「昨日の晩、夢でフランネルケーキ
〔ホットケーキのこと〕を食ってて、
目が覚めたら、毛布《フランネル》がなくなってた！」

FUNNIEST JOKE
IN THE WORLD:
"LAST NIGHT I
DREAMED
I WAS EATING
FLANNEL CAKES.
WHEN I WOKE UP
THE BLANKET WAS
GONE!"

3

小説を書くときの注意。

1：セミコロン（；）を使ってはいけない。あれはあいまいでまぎらわしく、矛盾に満ちた、まったく無意味な記号だ。作者が大学に行ったことがあるということをひけらかす以外、なんの役にも立たない。

読者のなかには、冗談なのか本気なのかわかりかねている方もいるに違いない。だから、今後は、冗談のときにはちゃんと断ることにしよう。

たとえば、「州兵軍か海軍に入って、民主主義を教えてこい」。これは冗談だ。

われわれはいつアルカイダに攻撃されるかもしれない。そのときには、われらが愛国心をかき立てろ。連中は間違いなく、怖がって逃げていく。これも冗談だ。

思いきり親にショックを与えてやりたいけれど、ゲイになるほどの勇気はないとき、せめてできそうなことといえば芸術家になることだ。これは冗談ではない。芸術では食っていけない。だが、芸術というのは、多少なりとも生きていくのを楽にしてくれる、いかにも人間らしい手段だ。上手であれ下手であれ、芸術活動に関われば魂が成長する。シャワーを浴びながら歌をうたおう。ラジオに合わせて踊ろう。お話を語ろう。友人に宛てて詩を書こう。どんなに下手でもかまわない。ただ、できる限りよいものをと心がけること。信じられないほどの見返りが期待できる。なにしろ、何かを創造することになるのだから。

＊

わたしが学んだことを紹介しよう。これから後ろにある黒板に書いて説明しよう。そのほうがわかりやすいだろう（黒板に縦線を引く）。これが幸福軸で、幸・不幸を示している。死、貧困、病気などが下方向で——大成功、健康などが上方向。平均的な状態が真ん中あたり（下を指し、上を指し、真ん中を指す）。

そしてこれが時間軸。左端が出発点で、右が時間の進む方向だ。すべての物語が、コンピュータでも理解できるほど単純ですっきりした形をしているわけではない（幸福軸の真ん中から横線を引く）。

ひとつ例をあげてみよう。本や雑誌を買ったり、映画を観に行ったりする程度の経済力がある人は、貧乏人や病人の話なんか聞きたくない。というわけで、まず物語をこの上のあたりから始めよう（幸福軸の上のほうを指す）。まあ、よくある物語だ。こういうのが好きな人は多いし、著作権があるわけでもない。タイトルは「穴に落ちた男の話」。しかし、男や穴が実際に出てこなくてもかまわない。つまり、だれかが困ったはめにおちいって、そこから抜け出す（図1の曲線を描く）。この線が、出発点よりも高いところで終わるのは偶然ではない。こうすると、読者は気分よく読み終えることができる。

もうひとつの物語は「ボーイ・ミーツ・ガール」だが、これも実際に男の子が女の子に出会う物語である必要はない（図2の曲線を描く）。つまり、どこにでもいるよう

1

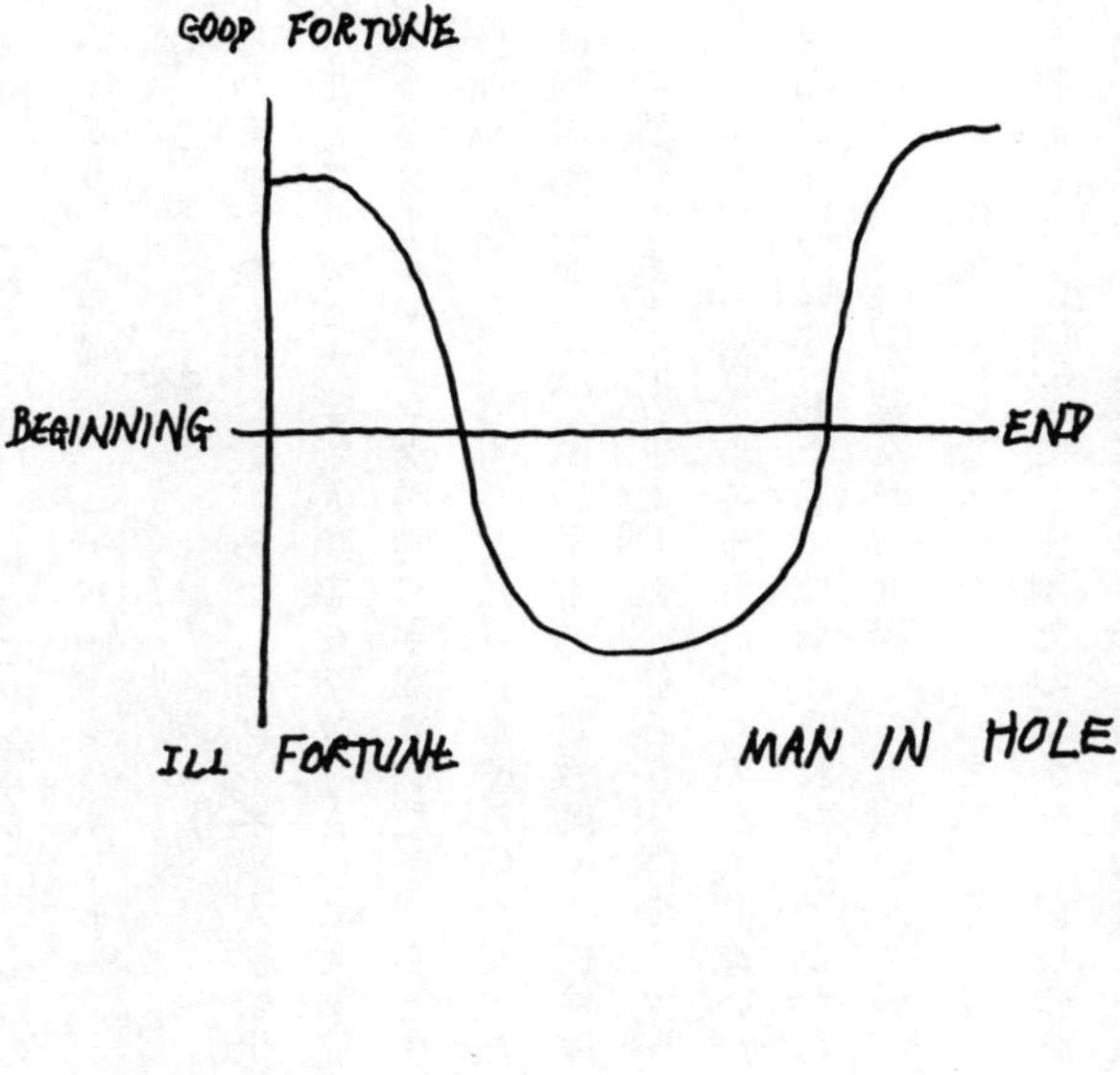

な人物が、ごく普通の日に、とてもすばらしいものに出会うという物語だ。「すっげえラッキー!」……(右下がりの線を描いて)「ヤバッ、マジかよ!」……(右上がりの線を描いて)そして、右上がりのまま終わる。

読者を怖じ気づかせるつもりはないのだが、わたしはコーネル大学で化学を専攻したものの、戦争から戻ってきてシカゴ大学で人類学を学び、さらに大学院まで行って修士号を取得した。ちょうどソール・ベロウが同じ学部にいたが、ふたりともフィールドワークは一度もやらなかった。もっとも、ふたりともやる気がまったくなかったわけではない。わたしは図書館に通って、民族学者や、宣教師や、探検家——つまり帝国主義の手先たち——の資料をあさることにした。彼らが未開の人々から収集した物語を探すためだ。結局、人類学で学位を取ろうと思ったのが大間違いだったらしい。というのも、未開の人々は頭が悪くて、わたしには耐えられなかったからだ。しかしそれはともかく、次々にそういった話を読んだ。世界中の未開の人々から収集した話だ。どれも一本調子で、この時間軸みたいなものだった。まあ、それはそれでいい。未開の人々は、お粗末な物語とともに消えてしまったのだから。彼らの話はまったく時代遅れなのだ。だから、すばらしく起伏に富んだわれわれの物語を眺めることにし

2

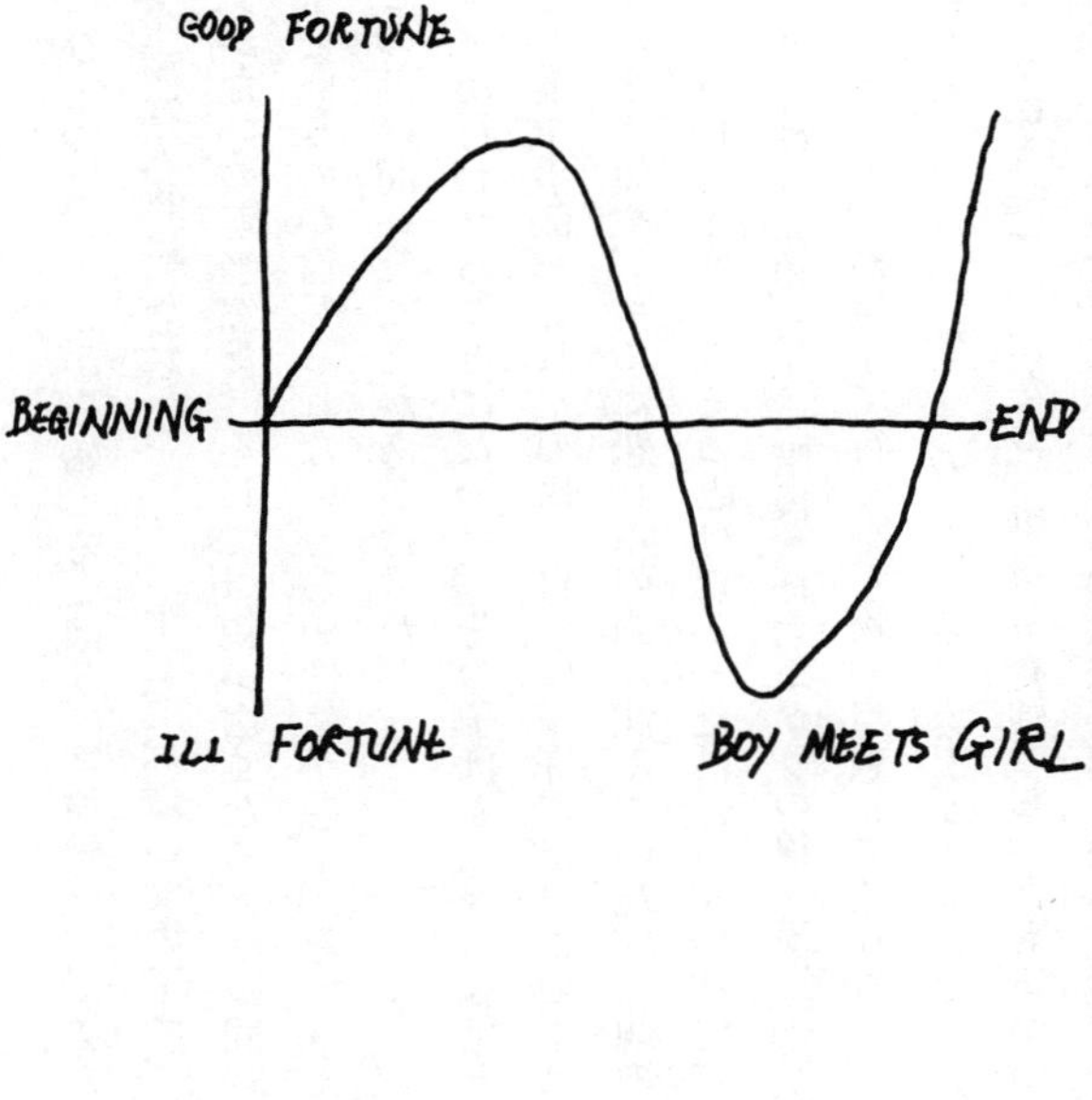

よう。

とても有名な物語のひとつは、ここから始まる（図3の幸福軸の下のほうから描きはじめる）。さて、この不幸な人物はだれだろう？　十五、六歳の女の子で、母親を亡くしているので、元気がないのも当然だ。そして母親が亡くなるとほぼ同時に、父親が結婚した。その相手というのが信じられないくらい性格が悪く、そのうえ意地の悪い娘がふたりいる。この話は聞いたことがあるはずだ。

さて、お城でパーティが行われることになった。その子はふたりの義姉と恐ろしい継母がパーティに行く準備を手伝わされたのに、自分は留守番だ。この子は、よけいに悲しくなっただろうか？　いや、すでに悲しみの淵に沈んでいた。母親の死が決定的だったのだ。だからそれ以上不幸になることはなかった。というわけで、三人はパーティに出かけた。すると妖精が現れて（階段状に右上がりの線を描いていく）、その女の子にパンストとマスカラと、お城まで行く乗り物を用意してくれる。

パーティ会場に現れた女の子は一躍、その場の注目を浴びる（急勾配の右上がりの線）。その子は別人のようになっていたから、継母も義姉もちっとも気がつかない。そしてお約束通りに時計が十二時を打ち、すべての魔法が消え去る（下向きの線）。鐘

3

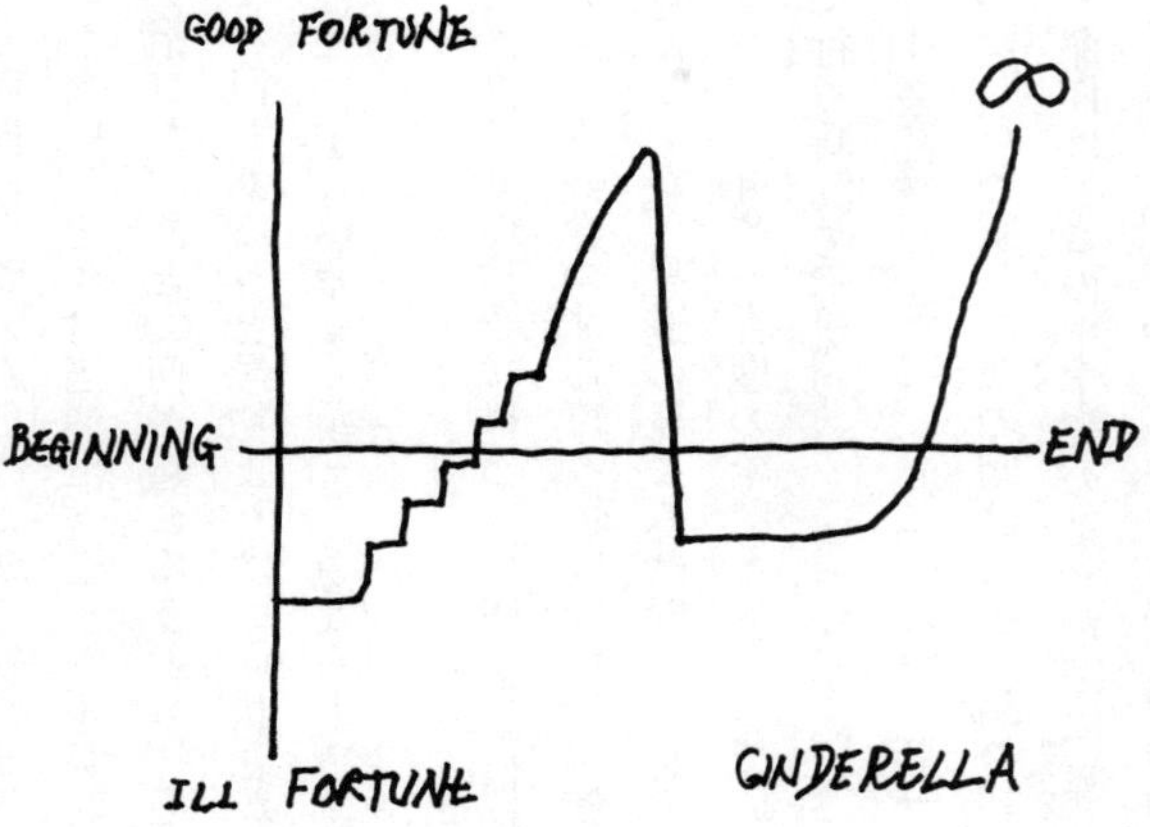

が十二回鳴るのに、そう時間はかからない。だから線は一気に下降する。といっても、最初のところまでは落ちない。それは当然だ。王子さまが好きになってくれたし、会場ではみんなの注目を浴びた。あとで何が起ころうとも、その思い出が消えることはないのだ。したがって、何があろうと最初よりはいい状態がしばらく続いて、靴がぴったりはまり、彼女はこの上ない幸せを得る（急な右上がりの線を描き、∞のマークを書き添える）。

さて、次はフランツ・カフカの物語に移ろう（図4の幸福軸のかなり下から線を描く）。主人公の若者は不細工で、人好きのするほうではない。家族との関係もあまりうまくいってなくて、仕事は忙しいが、昇進の見こみはない。女の子をダンスに連れていったり、仲間とビアホールで一杯やる程度の給料ももらっていない。ある朝、目が覚めてみると、また仕事に行く時間で、気づくとゴキブリになっていた（右下がりの線を引いて、その先に∞のマークを書き添える）。とことん暗い話だ。

さてここで質問。わたしが考案したこの図は文学作品の評価の役に立つだろうか？おそらく掛け値なしの傑作は、この十字架のような図に磔《はりつけ》にすることはできないと思う。たとえば、『ハムレット』。言わせてもらうが、傑作中の傑作だ。反論があるだ

4

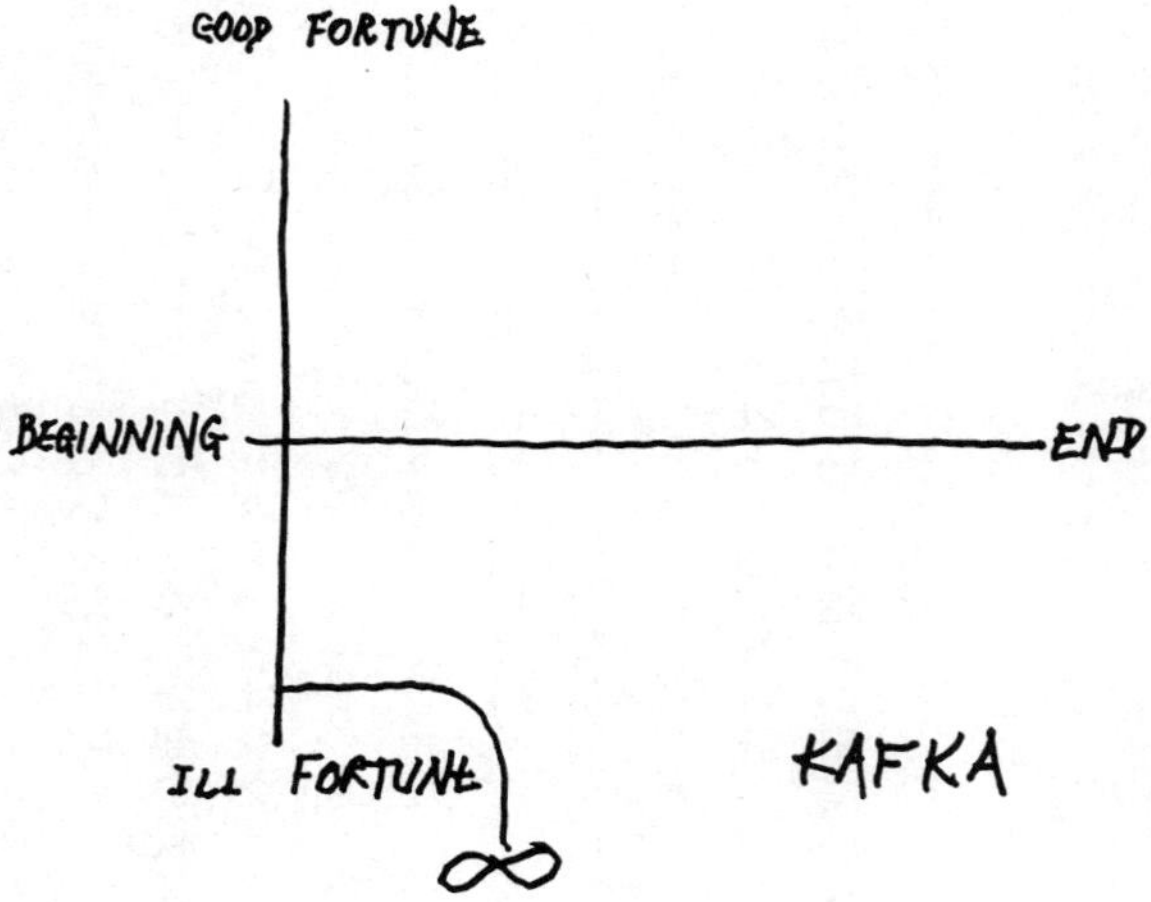

ろうか？　ここで新たに線を引く必要はない。ハムレットの置かれた状況は、シンデレラとまったく同じで、男女が入れ替わっているだけだ。

　父親が死んで、ハムレットは悲しむ。そしてすぐに母親が叔父と結婚する。この叔父というのが卑劣な男だ。というわけで、ハムレットはシンデレラと同じ状況にいるのだが、そこへ友人のホレイショがやってきてこう言う。「ハムレット、城壁に妙なものが出るらしい。そいつと話してきたほうがいいんじゃないか？　きみの父上らしいぞ」そこでハムレットは、生前の姿の亡霊に会いに行く。すると亡霊はこう告げる。

「わたしはおまえの父だ。わたしは殺された。復讐をしてくれ。犯人はおまえの叔父だ。どうやって殺されたかというと……」

　さて、これはいい知らせだろうか、それとも悪い知らせだろうか。今日まで、この亡霊が本当に父親の亡霊なのかどうかについては結論が出ていない。ウィージャ・ボード〔欧米版こっくりさん〕に詳しい人ならよくわかっていると思うが、この世界には悪意のある霊がうじゃうじゃいて、あることないこと話しかけてくるから、絶対に信用してはいけない。マダム・ブラヴァツキー〔一八三一―一八九一年〕は霊界のことにかけてはだれよりもよく知っていたが、こう言っている。どんな霊であれ、まと

5

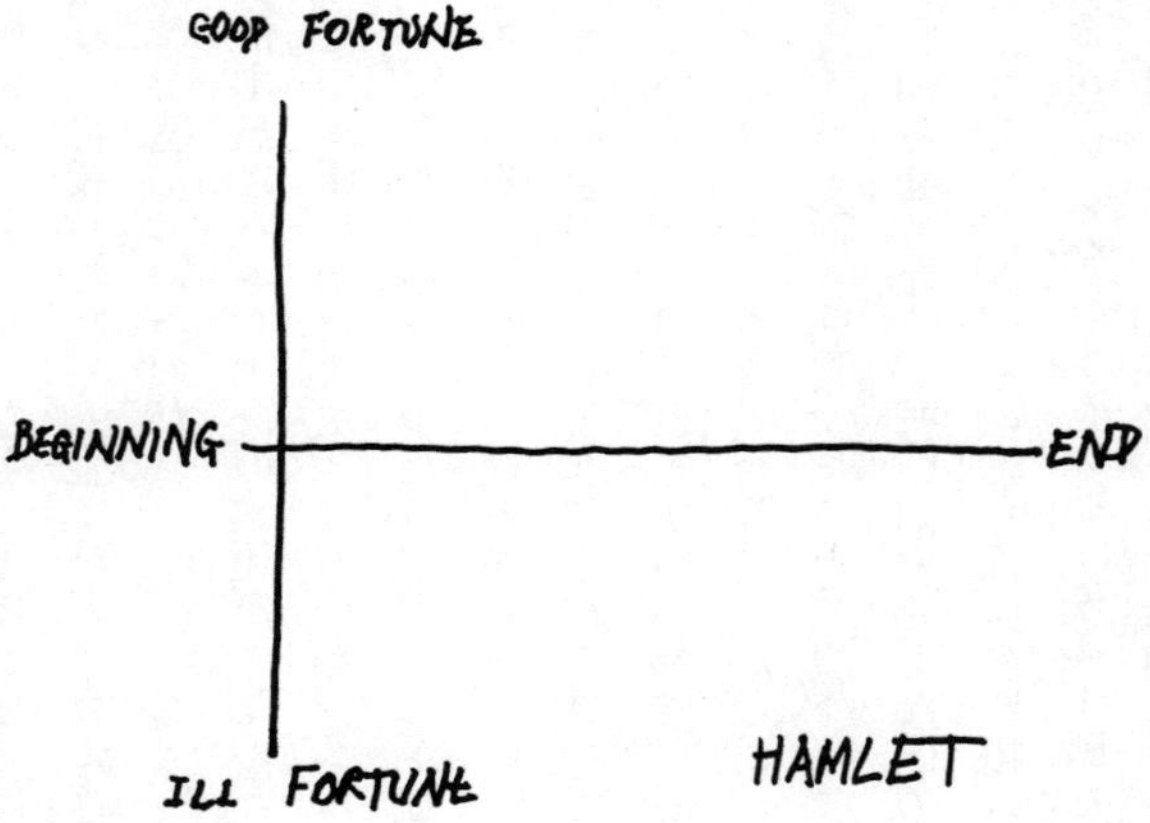

もに取り合うのは愚か極まりない。なぜなら、霊はしばしば悪意を持っていて、それもほとんどが殺されたり、自殺したり、人生でひどい目に遭った人の霊であることが多い。そして彼らは復讐を望んでいるのだ。

というわけで、あれが本当にハムレットの父親だったのかどうかはわからないし、あれがいい知らせだったのか悪い知らせだったのかもわからない。わたしたちにもわからないが、ハムレットにもわからなかったはずだ。しかし、ハムレットはこう考える。よし、確かめる方法がある。旅回りの役者たちを雇い、あの霊が言っていたように、叔父が父親を殺すところを演じさせよう。それを見せて、叔父の反応をうかがえばいい。というわけで、ハムレットはそれを実行に移す。しかしS・E・ガードナー書くところのペリー・メーソン[*1]のような具合にはいかない。叔父は気が狂うこともなく、「お、おまえには負けた。そうとも、おれがやったんだ」とも言わない。その寸劇は失敗に終わる。いい知らせもなく、悪い知らせもない。この失敗のあと、ハムレットは母親と話すことになるのだが、そのとき部屋の壁掛けが動く。ハムレットは叔父がそこに潜んでいると思いこみ、「もういい、優柔不断な自分とはさらばだ」と言って、壁掛けに剣を突き刺す。ところが、その剣に倒れたのは、だれあろう、おしゃべり好きのポローニアスだった。いまのアメリカでいえば、超保守派のラジオ・パーソナリティ、ラッシュ・リンボーといったところだろう。シェイクスピアは、ポローニアスを愚かな人物として描き、用が終わるとさっさと舞台から消してしまう。

ばかな親は、ポローニアスが息子のレアティーズと娘のオフィーリアを家から送り出すときに与えるアドバイスを、もっともだと思うかもしれない。しかし、あんなアドバイスは実行不可能だし、シェイクスピアだって、笑いをとろうと思って言わせているだけだ。

「金は借りるべからず、貸すべからず」しかし、人生というのは限りない貸し借りの連続だ。ギブアンドテイクの繰り返し以外の何ものでもない。

「何より重要なのは、自分に忠実であれということだ」何より自己チューになれって?!

いい知らせもなく、悪い知らせもない。ハムレットは逮捕されない。なにしろ王子だ。殺したければだれでも殺せる身分だ。そんな調子で物語は進み、最後に決闘で殺されてしまう。さて、ハムレットは天国に行ったのか地獄に行ったのか？　この違いは大きい。シンデレラか、カフカのゴキブリか？　シェイクスピアは、わたし同様、天国も地獄も信じていなかったと思う。だから、この結末を喜ぶべきか悲しむべきかは、われわれにはわからない。

わたしが言いたかったのは、シェイクスピアは物語作りの下手さ加減に関しては、アラパホ族とたいして変わらないということだ。

それでもわれわれが『ハムレット』を傑作と考えるのにはひとつの理由がある。それは、シェイクスピアが真実を語っているということだ。そしてここに描いた図（黒板を指す）はどれもほとんど真実など語っていない。真実は、われわれは人生についてはほとんど何も知らないし、何がいい知らせで何が悪い知らせなのかもまったくわかっていないということなのだ。

わたしは、死んだら——死にたくはないが——天国に行ってそこの責任者にこう尋ねてみたい。「何がいい知らせで、何が悪い知らせでした？」

＊1　ガードナーの小説に登場する弁護士で、必ず真犯人を突きとめた。

*

あなたのことは知らないが
わたしは組織化されていない宗教の信奉者で、
権威も序列もない団体に属している。
われわれは自分たちのことを
「絶え間ない驚きを与えるマリア」と呼んでいる。

I DON'T KNOW
ABOUT YOU,
BUT I PRACTICE
A DISORGANIZED
RELIGION.
I BELONG TO AN
UNHOLY DISORDER.
WE CALL OURSELVES
"OUR LADY OF
PERPETUAL
ASTONISHMENT."

4

ここで、ちょっとしたお知らせを。

いや、大統領に立候補するわけではない。もっとも、少なくともわたしは、文には不完全なものは別として、主語と動詞がなくてはならない、ということくらいは知っている。

また、子どもと寝ていると罪の告白をするわけでもない。が、これは言っておこう。わたしの妻は、わたしがいままで寝た相手のなかでは群を抜いて年上だ。

お知らせというのはこれだ。わたしはポール・モール（ペル・メル）の製造元であるブラウン&ウィリアムソン・タバコ・カンパニーを相手に十億ドルの訴訟を起こすことにした。わたしは十二歳のときからタバコを吸いはじめたのだが、吸い続けたのは両切りのポール・モールのみだ。そしてもう何年もの長きにわたって、ブラウン&ウィリアムソン・タバコ・カンパニーは、わたしを殺してくれるとパッケージに書いて約束してきた。

ところが、わたしはもう八十二歳だ。嘘つき！　いま、この地球上でもっとも大きな権力を持っているのは、ブッシュ《陰毛》、ディック《男根》（ディック・チェイニー）、コロン《尻》（コリン・パウエル）の三人だ。何がいやだといって、こんな世界で生きることほどいやなことはない。

うちの政府は麻薬と戦っている。いうまでもなく、まったくないよりあるほうがずっといい。これは禁酒令について言われた言葉だ。一九一九年から一九三三年のあいだ、酒類の製造、輸送、販売が厳しく禁止された。そのときインディアナ州の辛辣な新聞記者、ケン・ハバードがこう言っている。「禁酒法？　酒がまったくないよりいいじゃないか」

しかしこれだけは知っておいたほうがいい。もっとも広く乱用され、もっとも常習性が強く、もっとも有害なものが世の中にはふたつあって、ふたつとも合法だということだ。

ひとつは、いうまでもなく、エチル・アルコールだ。ジョージ・W・ブッシュ大統領は、本人も認めているが、十六歳から四十歳までほとんどずっと、ほろ酔いまたは酩酊または泥酔状態だったという。四十一歳のとき、彼の言葉によれば、イエスが現れて、酒をやめさせ、ウィスキーでうがいをするのをやめさせたそうだ。アル中になってピンクの象の幻覚を見た連中はほかにも大勢いる。

違法ドラッグについては、わたしは臆病だったのでヘロインにもコカインにもLSDにも手を出していない。やると、頭がおかしくなってしまいそうで怖かったのだ。マリファナは一度だけ吸ったことがある。ジェリー・ガルシアとグレイトフル・デッドの連中といっしょのとき、付き合いでやった。が、ちっともきかなかった。だから、それ以来一度もやっていない。ありがたいことに、わたしはアル中ではない。これは遺伝によるところがかなり大きいと思う。ときどきやっても二杯くらい。まあ、今晩もまたやるかな。しかし二杯が限度だ。ノープロブレム。

いうまでもなく、わたしはニコチン中毒だ。これで死ねたらといつも願っている。タバコの一方の先には火が、もう一方には愚か者がいる。

しかしこれだけは言っておきたい。一度だけ、すごいハイの状態になったことがある。それは純度の高いコカインをやってもとうてい得られそうにないくらいの状態だった。初めて運転免許を取ったときのことだ。さあ、みんな気をつけろよ、カート・ヴォネガット様の登場だ！

そのときの車は、たしか、スチュードベーカーだったと思うが、燃料は、現代のほとんどの輸送機関やほかの機器や、発電所や溶鉱炉で使われている、もっとも乱用され、もっとも常習性が強く、もっとも有害なドラッグ、つまり、化石燃料だった。

人間はここまで来てしまった。かく言うわたしも同様だ。この産業社会はすでに絶望的なまでに化石燃料に頼りきっている。そしてもうすぐそれがなくなってしまうという。このドラッグをいきなり絶ったときの禁断症状はどんなだろう。

ここで本当のことを言ってもいいだろうか。これがTVのニュースなら遠慮するところだが、そうじゃないから言わせてもらおう。じつは、だれも認めようとしないが、われわれは全員、化石燃料中毒なのだ。そして現在、ドラッグを絶たれる寸前の中毒患者のように、われわれの指導者たちは暴力的犯罪を犯している。それはわれわれが頼っている、なけなしのドラッグを手に入れるためなのだ。

こんなことになるなんて、いったい、そもそもの過ちはなんだったんだろう？　アダムとイヴと知恵のリンゴだと答える人もいるだろう。うまくはめられた、という典型的な例だ。しかし、言わせてもらえば、神々の子、ティタン神族のプロメテウスが元凶だと思う。ギリシア神話によれば、プロメテウスがゼウスのもとから火を盗んで、人間に与えたことになっている。神々は激怒して、プロメテウスを裸のまま大きな岩を抱いた格好で縛りつけ、大きなワシに背中から肝臓をついばませた。「鞭《むち》を惜しむと、子どもをだめにする」ということわざを、そのまま実践したわけだ。

そしていま、神々の罰は正しかったことが明らかになった。われわれの親戚であるゴリラやオランウータンや、チンパンジーやテナガザルは、自然の植物を食べてずっとうまくやってきた。ところが人間は温かい食事を作るばかりか、いまや、生命を育んできたこの健全な惑星を、二百年もかけないで破壊してしまった。それも主に化石

＊

燃料を使った熱力学的ばか騒ぎでもって。

イギリス人のマイケル・ファラデーが最初の発電機を作ったのは、たった百七十二年前のことだ。

ドイツ人のカール・フリードリヒ・ベンツが最初のガソリンエンジンを搭載した自動車を開発したのは、たった百十九年ほど前のことだ。

アメリカで最初の油田――これはもう枯れてしまったが――が、ペンシルヴェニア州タイタスヴィルでエドウィン・L・ドレイクによって掘削されたのは、たった百四十五年前のことだ。

アメリカ人のライト兄弟が最初の飛行機を飛ばしたのが、たった百一年前のことだ。燃料はガソリンだった。

抗《あらが》いがたい、ばか騒ぎについて語りたい？

黒板消しが落ちるとわかっていても、開けずにはいられないドアってやつだ。

化石燃料というやつは、簡単に火がつく！　そして、われわれはその最後のひと息、最後の一滴、最後のひとかけらを目前にしている。すべての照明が消える寸前。電気がなくなる寸前。あらゆる交通機関が止まる寸前であり、この地球が頭蓋骨と骨と動かなくなった機械のくずの山と化す寸前のところにいるわけだ。

そしてだれも、何もできない。このゲームでは、もう打つ手がないのだ。パーティに水を差したくはないが、これが真実なのだ。われわれは地球の資源を、空気や水も含め、浪費してきた。それも、明日が来ないかのように。そしていま、明日はなくなってしまった。

というわけで、ばか騒ぎは続く。が、そう長くは続かない。

*

進化はとてもクリエイティヴだ。
なにしろ、そのおかげでキリンがいるのだから。

EVOLUTION
IS SO CREATIVE.
THAT'S HOW
WE GOT
GIRAFFES.

5

さあ、そろそろ楽しい話をしよう。話題はセックス。女のことを話そう。フロイトは、女が何を望んでいるのか、自分にはわからないと言った。わたしにはわかっている。たくさんの話し相手だ。何を話したいかって？　あらゆることだ。

男が望んでいるもの？　たくさんの仲間だ。それから、みんなからあまり叱られないこと。

なぜ今日、これほど多くの人々が離婚するのだろう？　それは、われわれのほとんどが、家族を大きくしようとしなくなったからだ。昔は違った。男と女が結婚すると、女は、あらゆることを語る相手が一気に増えたものだ。男は、ばかばかしいジョークを話せる相手がたくさん増えた。

　アメリカにもまだ、少し、ほんのわずかだが、家族を大きくしている人々がいる。ナバホ族とケネディ家だ。

　しかしアメリカではほとんどの場合、最近では結婚しても話し相手はひとりしか増えない。男は仲間がひとり増えるものの、それは女だ。女のほうも、なんでも話せる相手がひとり増えるが、それは男だ。

　最近では、夫婦げんかになると、双方ともその原因は、金とか、権力争いとか、セックスとか、子どもの育て方とか、そんなことだと思ってしまう。しかし、それはふたりが自分の本心に気づいていないだけだ。本当に言いたいのは「あんたひとりじゃ足りない！」ということなのだ。

　妻と夫と数人の子ども、なんていうのは家族とはいえない。とても危なっかしい、必要最小限のサバイバルユニットだ。

　あるとき、ナイジェリアでイボ族のひとりと知り合った。彼は親族が六百人いて、その全員をよく知っていた。ちょうど奥さんが赤ん坊を産んだばかりで、それはどんな大家族においても最高のいい知らせだ。

彼ら夫婦は赤ん坊を連れて親族全員に会いに行く。老若男女すべての親族に会いに行くのだ。赤ん坊のほうも、それほど年上でもない親族、つまりほかの赤ん坊に出会うことになる。そこそこの年になっていて、足腰のしっかりしている親族はみんな赤ん坊を抱いて、あやして、ばぶばぶとか言ってやって、美人だねえとか、おお男前じゃないかとか声をかけてやる。

そんな赤ん坊になってみたいとは思わないだろうか？

できることなら、魔法の杖を振って、あなた方ひとりひとりに大家族を授けてあげたい。そう、イボ族やナバホ族や——ケネディ一家にしてあげたいと思う。

ジョージ・ブッシュとローラ・ブッシュを見てみるがいい。ふたりは自分たちのことを勇敢で、かっこいいカップルだと思っている。そして大家族に囲まれている。それも、だれもが持ちたいと思っているような家族——裁判官、議会議員、新聞編集者、弁護士、銀行家に囲まれている。だから孤独ではない。ふたりが大家族の一員であるということは、ふたりが快適な暮らしができるひとつの理由だ。そして長い目で見れば、アメリカは、国民すべてが大家族を持てるような方法を見つけるべきだと思う。互いに助け合うことのできる大きなグループが必要なのだ。

＊

わたしはドイツ系アメリカ人だ。それも純粋種で、ドイツ系アメリカ人がドイツ系アメリカ人としか結婚しなかった時代の産物だ。一九四五年、わたしがイギリス系アメリカ人のジェイン・マリー・コックスに求婚したとき、彼女はおじにこう聞かれた。「本気で、ドイツ人なんかといっしょになりたいと思っているのか？」まあ、今日でもドイツ系アメリカ人とイギリス系アメリカ人とのあいだにはサンアンドレアス断層〔カリフォルニア州を走る大断層〕が存在する。が、それも年々細くなりつつある。

それを第一次世界大戦のせいだと考える人もいるだろう。なにしろイギリスとアメリカがドイツと戦ったわけで、そのとき、地獄の入口みたいに深くて大きな断層ができた。ただ、そのときアメリカを裏切ったドイツ系アメリカ人はひとりもいなかったはずだ。しかし、両者のあいだに最初の亀裂が走ったのは、南北戦争時代だ。当時、わたしの先祖であるドイツからの移民がこの大陸にやって来て、インディアナポリスに住み着いた。先祖のなかにはそのときの戦争で片脚をなくして、ドイツに戻った人もいる。しかし残りはそのまま居着いて、驚くほど成功した。

わたしの先祖たちがやって来た当時、イギリス系の支配者階級は、現在の多国籍企業の専制君主と同様、この広い世界でもっとも安価で従順な労働者を求めていた。どのような労働者かというと、今も昔も同じだが、一八八三年にエマ・ラザラスが書いた言葉[*1]を借りればこんな感じだ。「疲れて、貧しく、元気がなく、みじめで、家がなく、不運にうちひしがれた」人々。当時のアメリカは、そういう人々がほしかった。しかし今日と違って、そういう哀れな人々が住む国に仕事を輸出することはできなかった。彼らのほうから、あらゆる手段を講じてやって来た。それも何万人単位で押し寄せてきたのだ。

ところが、大挙してやって来たのは悲惨な人々ばかりではなかった。いま考えてみれば、そのなかにイギリス系の連中にとってのトロイの木馬が混じっていたのだ。木馬のなかには、教育を受けた、裕福な中産階級のドイツ人ビジネスマンとその家族が入っていた。彼らは投資する金も持っていた。わたしの母方の先祖のひとりはインディアナポリスでビール製造業を始めた。しかしビール会社を作ったのではない。買ったのだ！　パイオニア精神ここにあり、ではないか。そのうえ、先祖たちはなんであれ、大量虐殺にも民族浄化にも手を貸すことはなかった。もっとも、アメリカ大陸が彼らにとって処女地であったのは、先に来た連中が先住民を虐殺し浄化した結果だったのだが。

このわれらが先祖——罪悪感を持つ必要のない、職場では英語を話し、家ではドイツ語を話す人々——は、インディアナポリス、ミルウォーキー、シカゴ、シンシナティで事業を起こし、大成功を収めたばかりではない。自分たちドイツ系移民のための銀行、コンサートホール、社交クラブ、屋内競技場、レストラン、大邸宅、夏の別荘なんかも作っていった。イギリス系の連中が首をかしげたのも無理はない。「いったい、この国はだれのものなんだ？」と。

＊1　女流詩人（一八四九—八七年）。自由の女神像の台座に書かれた詩から。

われわれはここ地球で
ばかばかしいことばかりしている。
だれにも違うとは言わせない。

WE ARE HERE
ON EARTH
TO FART AROUND.
DON'T LET
ANYBODY
TELL YOU
ANY DIFFERENT.

6

わたしは「ラッダイト」と呼ばれてきた。

望むところだ。

ところで、「ラッダイト」がどんな人間のことをいうかご存じだろうか。新しい物が大嫌いな人間のことだ。十九世紀の初頭、イギリスにネッド・ラッドという織工がいた。その男が暴動を起こして新しい自動織機を次々に破壊してまわった。というのも、彼は自分の技能を生かして家族を養ってきたというのに、機械のせいでそれができなくなってしまったからだ。一八一三年、イギリス政府は十七人の男を絞首刑に処した。罪状は「機械の破壊行為」。これが死刑に値する重罪だったわけだ。

今日、われわれは多くの新製品に囲まれている。たとえば、原子力潜水艦なんてものもある。こいつはポセイドンというミサイルを搭載している。核弾頭を搭載したミサイルだ。新製品といえば、コンピュータもそうだ。こいつのおかげで、人間は成長できなくなってしまった。ビル・ゲイツはこう言っている。「あなたのコンピュータの成長を温かく見守ってやってほしい」しかし、成長しなくてはならないのは人間なのだ。ばかなコンピュータなんか放っておけばいい。人の成長というのは奇跡だ。この世に生まれて、仕事をしつつ成長する。

進歩というやつにはうんざりだ。こいつのせいで、わたしは、二百年前のネッド・ラッドと同じ目に遭わされた。彼が織機を取り上げられたように、わたしはタイプライターを取り上げられてしまったのだ。いまはどこを探しても、そんなものはない。余談だが、『ハックルベリー・フィンの冒険』はタイプを使った最初の小説だった。

昔、といってもそれほど昔ではない昔、わたしはタイプライターを使っていた。そして二十頁ほど打つと、鉛筆で手を入れ、間違いを直し、キャロル・アトキンズに電話をした。キャロルはタイピストだ。想像できるだろうか？　彼女はニューヨーク州のウッドストックに住んでいた。一九六〇年代、あの有名なセックスとドラッグの一大イベントが行われたところだ（実際には、このロックコンサートが行われたのはベセルという近くの町だった。だからウッドストックに行ったという人間はその場にはいなかった連中ばかりだ）。「やあ、キャロル、元気かい？　腰痛はどうだい？　ルリツグミは来るようになったかい？」わたしたちはおしゃべりをした——わたしは、人と話すのが大好きなのだ。

キャロルは旦那といっしょに、ルリツグミを餌付《えづ》けしようとしていた。ルリツグミを呼び寄せようと思ったら、地上一メートルほどのところに巣箱を置いてやる。だいたいは敷地を囲むフェンスの上に置くことが多い。なんでいまでもルリツグミがいるのかは、わからない。残念ながら、キャロルも旦那も幸運に恵まれなかった。わたしも田舎に住んでいたが、同じくルリツグミが巣箱に入ってくれたことはない。とまあ、そんなふうにおしゃべりをして、最後にこう言う。「ところで、また少し書いたんだ。まだタイプの仕事はしてるかい？」もちろん、している。とてもきれいに打ち上げてくれる。まるでコンピュータで仕上げたみたいな出来上がりだ。そこでわたしはこう言う。「郵便で出して、途中でなくなったりしないかな？」するとキャロルはこう答える。「絶対、そんなことないわよ」わたしも経験上、そう思っている。郵便で出したものがなくなったことは一度もない。そしていまや、キャロルはネッド・ラッドになってしまった。彼女のタイピングの技術はなんの価値もなくなってしまったのだ。

　それはともかく、わたしはタイプで打ったものをまとめると、金属の道具を出す。クリップというやつだ。そして原稿をまとめて、ページ数を書きこんでいく。いうまでもないが、この作業は慎重にやらなければならない。それから外出だ。下の階に行って、妻の横を通る。妻はフォト・ジャーナリストのジル・クレメンツ。妻は昔から腹立たしくなるほどのハイテク女で、いまはそれにさらに磨きがかかっている。妻はわたしに声をかける。「どこへ行くの？」妻の少女時代の愛読書は「ナンシー・ドルー」のシリーズだったらしい。例の少女探偵モノだ。その影響で、妻は疑問があれば聞かずにはいられない。「どこへ行くの？」わたしは答える。「封筒を一枚、買いに行くんだ」「ちょっと、うちはそんなに貧乏じゃないんだから、千枚くらいまとめて買っておけば？　注文すれば届けてくれるわよ。クローゼットにでも入れておけばいいじゃない」「ほっといてくれ」

　玄関を出ると、そこはニューヨーク・シティの四十八番ストリート。二番アヴェニューと三番アヴェニューのあいだだ。通りを渡るとニューススタンドがあって、雑誌やロッタリー〔宝くじのようなもの〕や文房具を売っている。わたしはその店の品揃えを熟知しているので、封筒を一枚買う。マニラ封筒だ。だれが作っているのかは知らないが、まるでわたしが使っている紙の大きさを知っているかのような封筒だ。わたしは列に並ぶ。ロッタリーやキャンディや、いろんなものを買う人が並んでいるのだ。わたしは客に話しかけることにしている。「ロッタリーで当たった人を、だれかご存じですか？」「その足、どうしたんです？」

そのうち列の先頭にやって来る。このニューススタンドをやっているのはヒンドゥー教徒で、カウンターの向こうの女性は目と目のあいだに宝石をくっつけている。こういう散歩もいいものではないだろうか？　わたしはその女性に尋ねる。「最近、ロッタリーで大当たりした人はいますか？」それから封筒を買い、原稿を入れる。封筒には小さな金属の爪がふたつついていて、折った部分の穴に差しこむようになっている。この手の封筒を見たことのない人のために説明しておくと、封の仕方は二種類ある。わたしの場合は両方使う。まず、折り返しの部分についている糊をなめる——ちょっとセクシーだ。それから、小さな金属のディドル〔ペニス〕を穴に刺す——あれをそうと呼ぶとは知らなかった。そして、折り返し部分をぺたっと貼りつけて、ディドルを左右に折る。

それから郵便局に行く。一ブロックほど行ったところにある。四十七番ストリートと二番アヴェニューの交差するところだ。すぐ近くに国連本部があるので、世界各地の妙な格好をした人々がたくさんいる。郵便局に入るとまた列に並ぶ。わたしは、カウンターの向こうにいる女性にひそかに恋をしている。向こうはそんなことは知らない。わたしの妻は知っている。わたしもことさら行動を起こすつもりはない。その女性はとても魅力的なのだ。いつもカウンターの向こうに座っているので、こちらから見えるのは、腰から上だけだ。しかし毎日、腰から上の部分でわれわれを歓迎してくれる。髪がちりちりに縮れていることがあるかと思えば、アイロンをかけたようにぺたっとなっていることもある。あるときは、黒いリップスティックを塗ってきた。やってくれるじゃないか！　彼女の気前のよさは感動ものだ。あそこまでして、われわれを、世界中からやって来る人々を楽しませてくれるのだから。

例によってわたしは列に並び、前後の人々に話しかける。「いま何語を話してたんだい？　ウルドゥー語〔パキスタンの公用語〕かい？」並んでいるときの会話はとても楽しい。ときどき、楽しくないときもある。「この国が気に入らないなら、独裁政治のちっぽけなつまらない国に戻ればいいじゃないか」とか言うこともある。あるとき、ここでスリに遭って、警官に事情を話しに行ったこともある。ともあれ、そのうち列の先頭に出る。いつもポーカーフェイスだ。彼女にしてみれば、メロンでも眺めているのとさない。いつもポーカーフェイスだ。彼女にしてみれば、メロンでも眺めているのと変わりないのかもしれない。わたしの顔には何も書いていないのだから。しかしわたしの鼓動は速くなっている。わたしは封筒を渡して重さをはかってもらう。不足のないように切手を貼りたいし、そのために彼女に確認してほしいからだ。彼女が言った通りの数の切手を貼って、それに消印が押されれば、わたしのところに送り返されることはない、というわけだ。わたしは料金分の切手を買って、封筒にウッドストックに住んでいるキャロルの住所を書く。

それから外に出ると、ポストがある。わたしはその巨大な青のウシガエルに、原稿の入った餌をやる。ウシガエルは「ゲコゲコ」と応えてくれる。

それが終わるとうちに戻る。とても楽しいひとときだった。

電子化されたって、いいことなんか、何もない。苦労するだけ損だ。われわれはダンシング・アニマルなのだ。起きて、外に出て、何かするというのはすばらしいことではないか。われわれは、ここ地球でばかばかしいことばかりしている。だれにも違うとは言わせない。

アラブ人はばかだって？
アラビア数字を発明したのは彼らだ。
一度、ローマ数字で
長々しい割り算をやってみるがいい。

DO YOU THINK
ARABS ARE DUMB?
THEY GAVE US
OUR NUMBERS.
TRY DOING
LONG DIVISION
WITH
ROMAN NUMERALS.

7

二〇〇四年十一月十一日で、八十二歳になった。ここまで老けると、どんな感じかって？　もう縦列駐車するのは不可能だ。もしわたしがやろうとしていたら見ないようにしてほしい。それから、重力の無情さをしみじみ感じる。昔ほど簡単にあしらえなくなってきた。

あなたがわたしの年になったとき——もしあなたがこの年まで生きたら、そしてもし子どもがいたら——そろそろ中年になっている子どもにこう尋ねていると思う。

「人生って、なんだ？」わたしには七人の子どもがいて、そのうちの三人は養子にした甥《おい》だ。

わたしは人生に関するこの大きな疑問を、小児科医の息子にぶつけてみた。するとドクター・ヴォネガットの老いぼれの父に対する答えはこうだった。「父さん、ぼくたちが生きてるのは、みんなで助け合っていまを乗り切るためなんですよ。いまがどんなものであろうと関係ないじゃないですか」

＊

政府や企業やメディアや、宗教団体や慈善団体などが、どれほど堕落し、貪欲で、残酷なものになろうと、音楽はいつもすばらしい。

もしわたしが死んだら、墓碑銘はこう刻んでほしい。

彼にとって、神が存在することの証明は音楽ひとつで十分であった。

あの破滅的に愚かしいヴェトナム戦争のあいだも、音楽はどんどん進化して、すばらしいものになっていった。一方、われわれは戦争に負けた。インドシナに秩序が回復したのは、われわれが追い出されたあとだった。

あの戦争は百万長者を億万長者にしただけだ。そして、今日の戦争は億万長者を兆万長者にしている。いま、わたしはこれを進歩と呼んでいる。

われわれが侵略する国の人々が紳士淑女のように戦えないのは、なぜなんだ？　どうしてみんなきちんと軍服を着ていないんだ？　戦車や重装ヘリコプターを使えばいいのに、使わないのはどうしてなんだ？

音楽に話を戻そう。音楽のない人生よりも音楽のある人生のほうが楽しい、という人がほとんどだろう。軍楽隊の演奏であっても、平和主義者のわたしでさえ、聞くと楽しくなってくる。わたしはシュトラウスやモーツァルトが大好きだが、アフリカ系アメリカ人がまだ奴隷の頃に全世界に与えてくれた贈り物はとても貴重だと思う。この音楽こそ、いまでも多くの外国人がわれわれのことをほんの少しは好きでいてくれる唯一の理由だといってもいい。この、世界中に広がっている鬱《うつ》状態によくきく特効薬は、ブルースという名の贈り物だ。今日のポップ・ミュージック――ジャズ、スウィング、ビバップ、エルヴィス・プレスリー、ビートルズ、ストーンズ、ロックンロール、ヒップホップなどなど——すべてはこのブルースがルーツといっていい。

世界への贈り物だなんて、大げさなんじゃないか、という人もいるかもしれない。しかし、わたしにとって最高のリズム＆ブルースのひとつはフィンランドのグループで、男三人に女の子ひとりのバンド。ポーランド南部のクラクフのクラブで聞いたものだ。

アルバート・マリというい作家がいる。ジャズ史に詳しい、わたしの親しい友人だ。彼からこんなことを聞いたことがある。アメリカに奴隷制があった時代——われわれは当時の残虐な行為から完全に解放されることは不可能だろう——、奴隷所有者の自殺率は、奴隷の自殺率をはるかに超えていたらしい。

マリによれば、その理由は、奴隷たちが絶望の処方箋を持っていたからということだ。白人の奴隷所有者たちにはそれがなかった。奴隷たちは自殺という疫病神を、ブルースを演奏したり歌ったりして追い払っていたのだ。マリはほかにも、なるほどと思うようなことを言った。ブルースは絶望を家の外に追い出すことはできないが、演奏すれば、部屋の隅に追いやることはできる。このことを、どうか、よく覚えておいてほしい。

外国人がわれわれを愛してくれているのはジャズのおかげだ。外国人がわれわれを憎むのは、われわれがいわゆる自由と正義を押しつけようとしているからではない。われわれが憎まれているのは、われわれの傲慢《ごうまん》さゆえなのだ。

＊

インディアナポリスの小学校に通っていたときのことを書こう。その小学校はジェイムズ・ウィットカム・ライリー・スクール＃43だった。われわれがよく描いたのは、未来の家、未来の船、未来の飛行機など、すべてが未来の夢ばかりだった。いうまでもないが、すべてが停止状態という時代だった。工場は休業。大不況が続いていた。当時の魔法の言葉は「好景気」だった。そのうち、きっと好景気がやって来る。さあ、いつでも来い、という感じでわれわれは待っていた。未来の人々が住む家をいろいろ夢見たものだ——理想の住居、理想の交通手段。

最近の号外級のニュースは、二十一になったばかりの娘リリーがひとつの認識に達したことだ。それは、自分も、ほかの子どもたちも、ジョージ・W・ブッシュも、というかブッシュ自身も子どもだが、サダム・フセインもすべて、恐ろしい現代史を受け継いでいるという認識だ。奴隷制度、エイズ、原子力潜水艦。原潜はアイスランドかどこかのフィヨルドの海底をうろついていて、乗組員は準備万端。指令があり次第、核弾頭を備えたミサイルや何かで、大量の男や女や子どもを放射能を帯びた炭と骨の粉に変えてしまうことができる。われわれの子どもは科学技術を受け継いでいる。その副産物は、戦時であれ平時であれ、すさまじい速さで全地球を破壊しつつある。あらゆる生物に水を与え空気を供給してきたこのシステムを破壊しつつあるのだ。

科学を学んだ人や、科学者と話したことのある人ならだれでも気づいているはずだが、われわれはいまや非常に危険な状態にある。人間は、過去も現在も、住んでいる家を破壊してきたのだ。

現在直視すべきもっとも重要な事実は——そのことを思うと、わたしはこれから死ぬまで冗談も言えなくなってしまいそうだが——、人間はこの地球がどうなろうと、ちっともかまわないと思っているということだ。わたしには、だれもかれもみんなその日暮らしのアル中だとしか思えない。あと数日生きられれば、それで十分だと言わんばかりだ。自分の孫の世代が暮らす世界を夢見ている人など、わたしのまわりにはほんの数人しかいない。

＊

かつては、わたしもずいぶん無邪気だった。わがアメリカは人間的で理性的な国になれる、われわれの世代の多くがそういう夢を抱いていた。われわれは、大不況のときもそんなアメリカを夢見ていた。仕事もないというのに、そんな夢を見ていた。その後、第二次世界大戦のときも、そんな夢を見ながら戦って、多くが死んだ。どこにも平和などなかったというのに。

しかしいま、わたしにはわかっている。アメリカが人間的で理性的になる可能性はまったくない。なぜなら、権力がわれわれを堕落させているからだ。絶対的な権力が絶対的にわれわれを堕落させている。人間というのは、権力という酒に酔っ払ったチンパンジーなのだ。われわれの指導者は権力に酔ったチンパンジーだ、などと言うと、中東で戦い死んでゆくアメリカの兵士たちの士気をくじくことにならないかって？　彼らの士気は、死体と同じで、すでに見るも無惨な状態にある。わたしの時代とは違って、いまの兵士たちは、金持ちの子どもがクリスマスにもらうおもちゃみたいに扱われているのだから。

＊

とても知的で美しい祈りの言葉がある。ある有名なアメリカ人が、人間の作り出した惨状を前にして、「関係当事者」に向けて述べたもの——ペンシルヴェニアのゲティスバーグにおけるエイブラハム・リンカンの祈りだ。当時、戦場はどれも小さく、馬に乗れば丘の上からすべて見渡せる程度のものだったから、原因と結果は明らかだった。原因は火薬、すなわち硝石と木炭と硫黄の混合物で、結果は空飛ぶ金属だ。あとはせいぜい銃剣か、ライフルの床尾《しょうび》。

エイブラハム・リンカンは、ゲティスバーグの静まり返った戦場でこう言った。

〔われわれはこの戦場を、ここで戦死した人々に最後の安息の場として捧げるためにここにやって来たのです。彼らはこの国が生きのびるようにと心から願っていたのです。ですからわれわれがそうするのは、当然だし、ふさわしいことだと思います。しかし、深く考えてみれば〕

捧げることなどできないのです——清めることも——神聖なものにすることもできません。この戦場は、勇敢な兵士たち、生きている者も死んでいる者も含め、ここで戦った人々がすでに神聖なものにしてしまったからです。微力なわれわれに、いったいそれ以上何ができるというのでしょう。

まさに一編の詩だ！ 当時は、戦いの恐怖と悲しみをここまで美化することができた。戦争のことを思うとき、まだアメリカ人は誇りと威厳という幻想を抱くことができた。また、その他いろんな幻想も抱いていた。どんな幻想か、あえて言葉にするのはやめておこう。言わぬが花、というやつだ。

ついでながら、この章だけで、すでにわたしはゲティスバーグでのリンカンの演説全文よりも百ワードかそれ以上多く書き連ねている。わたしはおしゃべりなのだ。

＊

無防備な家族を大量に殺すことで――旧式の武器を使おうが、大学で発明された最新兵器を使おうが――軍事的あるいは外交的優位を得ようとするのは、あまり賢いやり方ではない。

そんなやり方で、うまくいくだろうか？

うまくいくと主張する人々やその同調者たちは、われわれにとって目障りな国の指導者たちが国民を哀れむ情を持ちあわせている、と信じているのだ。もし指導者たちが、女や子どもや老人が虐殺されるのをその目で見るか、あるいはそういう話を聞くかすれば、悲しみのあまり何もできなくなる。仲間や親戚に同じことが起こったら、と考えるだろうから。とまあ、こういう理屈らしい。

そんな理屈を信じる人ならだれでも、サンタクロースや抜け歯の妖精[*1]をわれわれの外交政策のアイドルにするに違いない。

*

マーク・トウェインとエイブラハム・リンカンはいまどこにいるのだろう。いまこそ必要なときだというのに。ふたりとも、中部アメリカの出身だった。ふたりのおかげで、アメリカ人は己の愚かさを笑うことができるようになったし、本当に大切で、本当に道徳的なジョークのよさがわかるようになったのだ。今日、ふたりがいたら、いったい何を語るだろうか。

マーク・トウェインが書いた作品のなかでもっとも恥と悲しみに満ちた作品は、六百人のモロ族の虐殺を描いたものだ。男も女も子どもも、われわれの兵士によって殺された。一八九八年のアメリカ・スペイン戦争後、われわれがフィリピンを解放しようとしたときのことだ。われらが勇敢なる司令官はレナード・ウッド。彼の名前のついた砦《フォート》がある。ミズーリ州フォート・レナード・ウッドがそれだ。

エイブラハム・リンカンなら、アメリカの領土拡張主義的な戦争についてどう言っただろう？

大義名分など何もなく、その目的は資源を増やし、従順な労働者を手に入れること。しかも、そういう労働力は、政治的なコネを最大限に持つ裕福なアメリカ人たちのところに集まっていく。

エイブラハム・リンカンを持ち出すとほとんどの場合、失敗する。いつだって、彼がおいしいところを持っていってしまう。もう一度、彼の言葉を引用するとしよう。

一八四八年、ゲティスバーグの演説の十年以上前、まだ下院議員だったリンカンは、アメリカ・メキシコ戦争のことをアメリカの恥だと思い、心を痛めていた。そもそもメキシコはわれわれを攻撃したことなどなかったのだ。リンカンが頭に描いていたのはジェイムズ・ポークだった。エイブラハム・リンカンは、大統領であり、総司令官でもあったポークのことをこう言った。

糾弾を免れるために、彼は、国民の目を華々しい戦いの輝ける栄光に向けておいた。あの魅力的な虹は血の雨のなかにのみかかる、と知っていながら。破壊へと人を招き寄せるヘビのような目をぎらつかせて、彼は戦争に突入していったのだ。

脱帽だ！　作家だなんて名乗るのが恥ずかしくなってきた。

対メキシコ戦争のとき、われわれは実際にメキシコシティを占領したのだ。なぜその日が国民の祝日にならないのだろう？　なぜそのときの大統領ジェイムズ・ポークの顔が、マウント・ラシュモアのロナルド・レーガンの顔の隣にないのだろう？　一八四〇年代、つまり南北戦争のかなり前、アメリカがメキシコをあれほど敵視したのは、メキシコでは奴隷制度が違法だったからだ。「アラモ[*2]を忘れるな」だって？　あの戦争で、われわれはカリフォルニアをわれわれの領土にし、多くの人々や財産をわれわれのものにした。それも、自分たちの国を侵略者から守ろうとしていたメキシコの兵士を虐殺するのは人殺しではないと言わんばかりに。カリフォルニアだけじゃない。テキサス、ユタ、ネヴァダ、アリゾナ、それからニューメキシコ、コロラド、ワイオミングの一部もだ。

戦争に突入といえば、ジョージ・W・ブッシュがなぜあれほどアラブを嫌っているか、についてのわたしなりの解釈を。おそらくアラブ人が代数を発明したからだ。それからわれわれの使っている数字を発明したからだ。それには無を表す数字も含まれているが、このゼロという数字はそれまでヨーロッパには存在しなかった。アラブ人はばかだって？　アラビア数字を発明したのは彼らだ。一度、ローマ数字で長々しい割り算をやってみるがいい。

＊1　抜けた乳歯を枕の下に置いておくと、歯を持っていって、かわりにプレゼントを残していくという妖精。

＊2　テキサスの独立戦争中に、メキシコ軍に包囲され、百八十七名の米国人が全滅させられた砦。

アメリカにおいてもっとも許しがたい反逆は、

「アメリカ人は愛されていない」

ということだ。

アメリカ人がどこにいようと、
そこで何をしていようと。

THE HIGHEST TREASON
IN THE USA
IS TO SAY
AMERICANS
ARE NOT LOVED,
NO MATTER
WHERE THEY ARE,
NO MATTER
WHAT
THEY ARE
DOING THERE.

8

人間主義者とはどういう人を指すかご存じだろうか?

わたしの両親も祖父母も人間主義者だった。昔なら、自由思想家だ。そしてわたしは人間主義者として、先祖を誇りに思っている。聖書にも、先祖を誇りに思うのはいいことだと書いてある。われわれ人間主義者はできるだけ、控えめで、公平で、誇り高くあろうと心がけるが、死後の世界で報われるとか罰を受けるといったことはいっさい考えない。わたしの兄姉は死後の世界なんかないと思っていたし、わたしの両親も祖父母も、そんなものはないと思っていた。自分たちが生きている、それだけで十分だと考えていた。われわれ人間主義者はできるだけ、われわれが実際に親しみを持っているものに仕える。それはわれわれのコミュニティだ。

わたしは現在たまたま、アメリカ人間主義者協会の名誉会長になっている。いまは亡き偉大なSF作家、アイザック・アシモフのあとを継いだ形だ。まったく役に立たない名誉職だ。何年か前、アイザックの追悼会をしたとき、わたしはスピーチのなかで、「アイザックはいま天国にいるよ」と言った。これは人間主義者の聴衆の前で言うには最高におかしいコメントだったらしい。会場は大爆笑で、静かになるのに二、三分かかったくらいだ。もしわたしが死ぬとしたら、どうかこう言ってほしい。「カートはいま天国にいるよ」わたしの大好きなジョークだ。

人間主義者はイエスのことをどう考えているのだろう？　すべての人間主義者と同じで、わたしもこう言う。「もし彼の言ったことが正しく、また、純粋に美しいのであれば、彼が神であろうがなかろうが、関係ない」

とはいえ、イエスがあの「山上の説教」を行っていなかったら、あの慈悲と哀れみのメッセージを残していなかったら、わたしは人間でなんかいたくない。

ガラガラヘビでいるほうがまだましだ。

*

人類はここ百万年くらい、いろんなことについて考えてこなくてはならなかった。歴史書に登場する主役は新しい考えの提唱者であることが多いが、彼らは魅力的なこともあれば、ときどきとても残忍だったりする。

ふたりほど、例をあげてみようか？

アリストテレスとヒトラー。

いい例と悪い例をあげてみた。

あらゆる時代を通して、膨大な数の人々が、いまのわれわれのように不適切な教育を受けていると感じ、そう感じて当然だったにもかかわらず、ある指導者の言うことを信じるしかないという状況に追いこまれていた。

たとえば「イワン雷帝」[*1]の考えを軽んじたロシア人は、帽子を頭に釘で打ちつけられるはめになった。

認めたくない人もいるだろうが、説得力のある指導者たちは――ソビエト連邦の英雄になったイワン雷帝のような人物でさえ――時としてわれわれに勇気を与えてくれる。なぜこんな仕打ちを受けなければならないのか、と思うほどの過酷な試練にも、耐える力を与えてくれるのだ。飢饉《ききん》、疫病、火山の噴火、死産――そんなとき、指導者はわれわれに幻想をもたらす。運の良し悪しはすべて説明のつくものであって、理性的かつ効率的に対処すればなんとかなる、という幻想だ。この幻想がなかったら、われわれはみな、はるか昔に降参していただろう。

しかしそういった指導者の知っていることは、実際のところ、一般人と変わらないし、時には一般人以下のことだってある。われわれが運命を支配しているのだという幻想をわれわれに与える指導者でも、というか、そういう指導者ほど、ものを知らないのだ。

説得力のある指導者は中心的な存在になってきた。人類の歴史が始まって以来、これまでずっと、そうだった。だから、この惑星の指導者のほとんどは、すべての情報がいきなりわれわれのものになったというのに、まだ思索を続けたいと思っている。ああでもないこうでもないと思索を重ね、それを人々に傾聴させる、その順番がようやく自分にまわってきたのだから、いまさら思索をやめるはずがない。世界でもっとも傲慢で無知な考えが声高に語られているのが、今日のワシントンだろう。われわれの指導者たちは、人間主義の名のもとに、調査や研究によって明確に裏打ちされた人間や人間社会に関する情報が次々集まってくることにうんざりしている。彼らは、国民すべてが、そういうものにうんざりしていると思っている。まあ、間違っているとは言いきれない。彼らはわれわれを金本位制の時代に戻そうとは思っていない。もっと低俗なところ、つまり、いんちきな万能薬を買っていた時代に戻そうとしているのだ。

弾をこめたピストルを、刑務所の服役者と精神病院の患者以外、全員が持つべきだ。

その通り。

公衆衛生に何百万ドルもつぎこむとインフレを誘発する。

その通り。

武器に何十億ドルかつぎこめばインフレの抑止になる。

その通り。

右寄りの独裁制は、左寄りの独裁制よりもはるかに、アメリカの理想に近い。

その通り。

即座に発射することのできる水素爆弾の数が多ければ多いほど、人類は安全になるし、われわれの孫が受け継ぐ世界は幸福になる。

その通り。

産業廃棄物、とくに核廃棄物は、人体にほとんど害はないので、そういう問題に関してはみんな口をつぐむべきだ。

その通り。

企業は何をしてもいい。賄賂《わいろ》をもらったり渡したり、環境をほんの少し破壊したり、価格操作をしてもいいし、ばかな客をだましてもいいし、競争入札をやめてもいいし、倒産するときには財務省を襲ってもいい。

その通り。

それこそが自由企業制度だ。

その通り。

貧乏人はどこかで間違いを犯している。そうでなければ、貧乏になるはずがない。したがって、貧乏人の子どもはそのつけを払わなくてはならない。

その通り。

アメリカ合衆国は国民の面倒をみる必要はない。

その通り。

自由競争がそれをやってくれる。

その通り。

自由競争に任せておけば、すべては必然的に正しい方向に進む。

その通り。

とまあ、すべて冗談だ。

本当に教育があって、自分で考える人は、ワシントンDCでは歓迎されない。わたしは、とても賢い中学一年生をふたり知っているが、ふたりともワシントンDCでは歓迎されそうにない。数か月前、数人の研究者が集まって発表した。単純で明らかな医学的事実として言いますが、軽度のものであれ、水素爆弾の攻撃を受けた場合、われわれが生き残ることは不可能です。彼らはワシントンDCでは歓迎されなかった。たとえわれわれが先に水素爆弾を一斉発射して、敵国が報復しなかった場合でも、放射能汚染が広がり、全地球を少しずつむしばんでいく。

ワシントンの反応はどうだろう？　彼らはそんなふうには考えない。結局、教育なんかなんの役にも立たないのだ。狂暴な指導者たちが権力の座についている。客観的な情報よりも、自分の考えが正しいと思いこんでいる人間がたくさんいるということだ。しかも、そのほとんどは高等教育を受けている。どういうことだ？　つまり、彼らはその教育を投げ捨てざるをえなかったのだ。ハーヴァードやイェールで学んできたことを。

学んだことを放棄しなければ、自分勝手な思索を延々と続けることなど不可能だ。どうか、学んだ知識は捨てないでほしい。教育を受けた人は膨大な量の知識をたくわえているはずだ。しかし、それを活用しようとすれば、ひどく孤立することになる。そういう人よりも、指導者の数のほうが圧倒的に多いからだ。わたしが考えるに、十倍は多い。

*

まだ気づいていない人に言っておこう。フロリダで、恥知らずな不正選挙があった。数千人のアフリカ系アメリカ人が不法に選挙権を剝奪されたのだ。その結果、われわれは世界からどう見られているだろう？　傲慢で、にたにたして、あごを突き出し、無慈悲で、ぞっとするほど強力な武器を持った戦争マニアだ——まさに敵なしと言っていい。

まだ気づいていない人に言っておこう。われわれはいま世界中の人々から、かつてのナチスと同じくらい恐れられ、憎まれている。

それもちゃんとした理由があってのことだ。

まだ気づいていない人に言っておこう。選挙で選ばれたわけでもないわれわれの指導者たちは、何百万人もの人々に対してきわめて非人間的な扱いをしてきた。それも、宗教や人種の違いを理由にして。結局われわれが好き勝手に、そういう人々を痛めつけ、殺し、拷問し、刑務所に放りこんできたということだ。

それが簡単でいい。

まだ気づいていない人に言っておこう。われわれはわれわれの兵士たちに対してもきわめて非人間的な扱いをした。宗教や人種のせいではなく、社会的階層が低いという理由で。

貧乏人はどこにでも送りこんでしまえ。どんないやなことでもやらせればいい。

それが簡単でいい。

オライリーの番組でもそう言っているはずだ。[*2]

というわけで、わたしには国がない。よるべき人は図書館員、よるべき新聞はシカゴの〈イン・ズィーズ・タイムズ（*In These Times*）〉くらいだ。

われわれがイラクを攻撃する前、ご立派な〈ニューヨーク・タイムズ〉紙は、イラクには大量破壊兵器があると断言した。

アルベルト・アインシュタインとマーク・トウェインは晩年、人類を見限った。トウェインの場合は、第一次世界大戦を見てもいないのに、だ。いまや戦争は、テレビの娯楽番組みたいなものだ。ちなみに、第一次世界大戦をとりわけ見応えがあるものにしたのは、アメリカの二大発明、有刺鉄線とマシンガンだった。

榴散弾《シュラプネル》は、シュラプネルという名前のイギリス人の発明だ。自分の名前がついた製品があるなんて、うらやましい限りだ。

わが尊敬すべきアインシュタインとトウェインにならって、わたしも人類を見限ることにした。わたしは第二次世界大戦に参加したことがあるので、断っておくが、わたしが無慈悲な戦争マシンに降伏したのはこれが最初ではない。

辞世の言葉を述べておこう。「生きることは残酷だ。動物にも、ネズミにだってそうだ」

ナパーム弾を開発したのはハーヴァードだ。Veritas![*3]

うちの大統領はクリスチャンだって？ アドルフ・ヒトラーもそうだった。

いまの若い人たちは本当にかわいそうだ。かける言葉もない。精神的におかしい連中、つまり良心もなく、恥も情けも知らない連中が、政府や企業の金庫にあった金をすべて盗んで、自分たちのものにしている、それがいまの世の中だ。

わたしが、頼るべきものとして紹介できるのは、ほんのささやかなものだ。無に等しいし、無以下かもしれない。それは本当の意味での現代の英雄が存在するという考えだ。たとえばイグナーツ・ゼンメルヴァイス。彼はわたしの英雄だ。

イグナーツ・ゼンメルヴァイスは一八一八年、ブダペストで生まれた。いってみればわれわれの祖父母の時代のことで、ずいぶん昔のことのように思えるかもしれない。しかし彼は、つい先日まで生きていたのだ。

ゼンメルヴァイスは産科医になった。それだけで十分、現代の英雄と言っていい。そして赤ん坊と母親の健康のために人生を捧げた。彼のような英雄がもっとたくさんいてくれたらいいのだが。最近は、母親も、赤ん坊も、老人も、体の不自由な人も、経済的に貧しい人も、ろくに気にかけてもらえなくなってしまった。これも、われわれの生活が工業化され、軍隊化され、悪しき指導者たちがトップの座についているせいだ。

ところで、さっき、これはつい先日の話だと言った。というのも、多くの病気はばい菌によって引き起こされるという考えは、ほんの百四十年前のものなのだ。わたしがロングアイランドのサガポナックに持っている家はその二倍くらい古い。そんな医学知識もなかった人たちが、生きている間に、よくあんな家を完成させたものだと思う。つまり言いたいのは、ばい菌理論はとても新しい考えだということだ。わたしの父が幼かった頃、ルイ・パスツールがまだ生きていて、多くの論争の種をまいていた。まだ多くの強力な研究者たちが、自分たちの言い分を聞かずにパスツールの言い分を聞くとは何事だと怒っていた。

そう、そしてイグナーツ・ゼンメルヴァイスも、ばい菌が病気を引き起こすと考えていた。彼はオーストリアのウィーンの産院に行ってぎょっとした。というのも、十人に一人の割合で母親が産褥《さんじょく》熱で死んでいくのだ。

それらは貧しい人々だった——金持ちは家でお産をしていた。ゼンメルヴァイスは病院の様子を観察した結果、医者が病原菌を患者にもたらしているのではないかと考えるようになった。というのも、医師たちはしょっちゅう、死体安置所で死体を解剖したあと、そのまま産科棟に行って母親の診察をしていたからだ。そこで彼はほかの医師に、母親に触る前に手を洗ってみてはどうかと提案した。

かなり生意気な提案だ。なにしろ、医者といっても、みんな目上だ。それにひきかえ、ゼンメルヴァイスは無名。ウィーンにやって来たばかりで、オーストリアの貴族には友だちも保護者もいない。ところが患者は死んでいく一方。わたしやあなたよりはるかに人付き合いの下手だったであろうゼンメルヴァイスは、医師たちに手を洗ってくれと頼み続けた。

そのうち医師たちも手を洗うことに同意した。もっとも冗談半分、からかい半分だった。せっせと石けんをつけて、何度もこすり合わせて、爪のなかまできれいにした。するとと、死亡率が一気に下がった。想像してみるといい！　一気に下がったのだ。こうしてゼンメルヴァイスは多くの命を救った。

考えてみれば、彼は何百万もの命を救ったことになる——そう、あなたやわたしの命を救った可能性だってあるのだ。ゼンメルヴァイスは、ウィーンの医学界の偉い人たちや指導者たちから、どれほど感謝されただろう？　結局、彼はその病院から閉め出され、オーストリアからも追放された。オーストリアの人々のためにあれほど尽くしたというのに。彼はハンガリーの田舎の病院で生涯を閉じる。そこで人間を見限る――われわれを見限り、情報に頼るばかりで考えることをしない人々を見限り、最後は自分自身を見限った。

ある日、解剖室で、ゼンメルヴァイスは死体を解剖していたメスを持ち直して、自分の掌《てのひら》に突き刺した。そして死んだ。彼の予想通り、ばい菌による敗血症が原因だった。

悪しき指導者は絶大な力を持っていた。そして彼らはふたたび勝利したのだ。まさにばい菌だ。指導者たちは自分たちの本音も明らかにした。それを今日のわれわれは正しく認識すべきだと思う。彼らは人の命を救うことなんかにはまったく興味がない。彼らにとって重要なのは耳を傾けてもらうことだ。素直に聞いてくれる人がいる限り、それがどんなに愚かな内容であっても、彼らの考えはどこまでもどこまでも続いていく。もし彼らが憎んでいるものがあるとすれば、それは賢い人間だ。

だから、賢い人間になろう。そしてわれわれの命を救い、みんなの命を救ってほしい。誇り高くあってほしい。

＊1　十六世紀、初めてロシアを統一したイワン四世のこと。

＊2　ビル・オライリーがメインキャスターを務める「ジ・オライリー・ファクター」という保守色の強いニュース番組。

＊3　ハーヴァード大学のスローガンで「真理」という意味。

おれたち、やるやる
ちんたら、やるやる
やらなくっちゃ
ぐだぐだ、やるやる
ぐだぐだ、やるやる
ぐだぐだ、やるやる
しまいに、からだばくはつ
しまいに、からだばくはつ
しまいに、からだばくはつ

――――ボコノン

WE DO, DOODLEY DO,
DOODLEY DO, DOODLEY DO,
WHAT WE MUST,
MUDDILY MUST,
MUDDILY MUST,
MUDDILY MUST,
UNTIL WE BUST,
BODILY BUST,
BODILY BUST,
BODILY BUST.

— BOKONON

9

「何事でも人々からしてほしいと望むことは、人々にもその通りにせよ」これをキリストの言葉だと思っている人は多い。というのも、キリストの言いそうな言葉だからだ。しかし、じつはこれは中国の思想家、孔子の言葉だ。それから五百年経って、もっとも偉大な、人類を代表する人道主義者イエス・キリストが登場する。

ほかにも中国からやって来たものがある。マルコ・ポーロ経由でやって来たものとしてはパスタと火薬。中国人はまったくばかで、火薬を花火にしか使わなかった。そして当時は、みんなばかで、南半球の人々は北半球があることを知らなかったし、北半球の人々は南半球があることを知らなかった。

それからわれわれはずいぶん遠くまでやって来た。ときどき、こんなところまでやって来なければよかったのにと思う。わたしは水素爆弾と、あの超低俗番組「ジェリー・スプリンガー・ショー」[*1]が大嫌いだ。

孔子やキリストや、わたしの息子で医者をやっているマークのような人の話に戻ろう。三人がそれぞれの言い方で言おうとしているのは、こういうことだ。つまり、どうすればわれわれはもっと人道的に行動することができるのか、そしてこの世界を少しでも苦痛の少ない場所にすることができるのか。わたしの大好きな人間らしい人間のひとりがユージン・デブズ。わたしの生まれたインディアナ州のテラホート出身だ。よく聞いてほしい。ユージン・デブズが死んだのは一九二六年。わたしがまだ四歳のときだ。彼は社会党から五回、大統領に立候補し、一九一二年には九十万票、総投票数の六パーセントを獲得した。まあ、その数字を信用していいかどうかは知らないが。彼は選挙戦のときにこう言った。

下層階級がある限り、わたしはそのうちのひとりだ。
犯罪者がいる限り、わたしはそのうちのひとりだ。

刑務所にひとりでもだれかが入っている限り、わたしも自由ではない。

社会主義的なことを聞くと、吐き気がする？　立派な公立学校とか、国民皆保険とか？

毎朝ベッドから出て、ニワトリの鳴き声を聞きながら、こう言ってみたくならないだろうか？「下層階級がある限り、わたしはそのうちのひとりだ。犯罪者がいる限り、わたしはそのうちのひとりだ。刑務所にひとりでもだれかが入っている限り、わたしも自由ではない」

イエスの「山上の説教」はこうだ。

心穏やかな人は幸せだ、なぜなら、大地を受け継ぐだろうから。
慈悲深い人は幸いだ、なぜなら、慈悲をうけるだろうから。
平和を作る人は幸いだ、なぜなら
神の子と呼ばれるだろうから。

などなど。

共和党の綱領の項目にある言葉ではない。ジョージ・W・ブッシュやディック・チェイニーやドナルド・ラムズフェルドの言いそうな言葉でもない。

どういうわけか、どんなに遠慮のないクリスチャンも「山上の説教」を口にすることは決してない。そのくせ、しょっちゅう目に涙をためて、「十戒」を公共の場に貼ってほしいと訴えるのだ。もちろん、これはイエスではなくモーセだ。彼らはだれひとり、「山上の説教」をどこかに貼ってくれとは言わない。

「慈悲深い人は幸いだ！」を法廷に！「平和を作る人は幸いだ」を国防総省《ペンタゴン》に！

それくらい、いいじゃないか！

＊

これが理想だよ、と言って掲げたらだれもが納得してくれるものがある。それは、香りつきのピンクの雲みたいな素敵なものでできているわけではない。それは法律だ！　アメリカ合衆国憲法だ。

わたしはこの憲法のために、正義の戦争で戦った。しかし、この国は火星人か宇宙からの侵略者《ボディー・スナッチャー》*2に侵略されてしまったのではないだろうか。ときどき、そうだったらいいのにと思わないでもない。しかし実際はそうではない。この国は、薄っぺらで低俗なコメディみたいな「キーストーン・コップス」*3的手段によって、一気に乗っ取られてしまったのだ。

一度、テレビ関係者から、身の毛もよだつリアリティショー*4を作りたいのだが、何かアイデアがないか、と尋ねられたことがある。わたしにはひとつアイデアがある。これをやったら、視聴者はぞっとして髪の毛が逆立つだろう。タイトルは「イェール大卒の劣等生たち」。

ジョージ・W・ブッシュは自分のまわりに上流階級の劣等生を集めた。彼らは歴史も地理も知らず、自分が白人至上主義者だということをあえて隠そうともしない。クリスチャンとしても知られているが、何より恐ろしいことに、彼らはサイコパスだ。サイコパスというのはひとつの医学用語で、賢くて人に好印象を与えるものの、良心の欠如した連中を指す言葉だ。

人を指して、「あの人はサイコパスだよ」と言うのはしかるべき医学的な診断を下すということで、「あの人は盲腸炎だよ」とか「あの人は水虫だよ」と言うのと同じだ。サイコパスに関する医学的な記録は、古くは『正気という仮面』という本にある。筆者はハーヴェイ・クレックリー博士。彼はジョージア医科大学の精神医学の臨床医で、この本は一九四一年に出版されている。必読！

世の中には生まれながらに目の見えない人や耳が聞こえない人がいる。だが、いまこの本で言っているのは、生まれつき人間的な心を持っていない人、この国全体だけでなく、ほかの多くの国々を最悪の場所に変えてしまった元凶ともいうべき連中のことだ。生まれつき良心のない人々、ともいえる。そういう連中が、いま、世の中のすべてを一気に乗っ取ろうとしている。

サイコパスは外面《そとづら》がいい。そして自分の行動がほかの人にどんな苦しみをもたらすかもよくわかっているが、そんなことは気にしない。というか、気にならない。なぜなら頭がイカレているからだ。ネジが一本ゆるんでいる。

サイコパス。これ以上にぴったりくる言葉がなさそうな種類の人たちがいる。エンロンとかワールドコムといった企業の上層部だ。彼らは私腹を肥やす一方で、社員や投資家や国に多大な損害を与えながらも、自分たちは清廉潔白なつもりでいる。だれに何を言われようと、どんな悪評が立とうと、少しも気にしない。彼らが仕掛けた戦争で、金持ちは大金持ちになり、さらに大富豪になる。彼らはテレビ業界を乗っ取り、ジョージ・ブッシュに資金援助をする。それはブッシュが同性同士の結婚に反対の立場をとっているからではない。

こういう多くの冷酷なサイコパスがいまや、アメリカ政府の中枢に居座っている。病人ではなく指導者のような顔をして。彼らはいろんなものを統括している。報道機関も学校も。われわれはまるでナチス占領下のポーランド状態だ。

彼らはこう感じてきたのかもしれない。アメリカを終わりなき戦争に放りこむことこそ、何より重要なのだ、と。これほど多くのサイコパスが企業や自治体で力を持ち、現在、政府にまで巣くってしまった原因は、彼らの迷いのなさだと思う。彼らは毎日、目標に向かって何かをこつこつとやり続ける。恐れることを知らない。普通の人々と違って、疑問にさいなまれることがない。その理由は簡単だ。その先のことなんか、これっぽっちも考えないからだ。いや、考えられない、と言うべきだろう。これをしてやろう！　あれをしてやろう！　予備軍隊を動員してやろう！　公立の学校を私物化してやろう！　イラクを攻撃してやろう！　医療サービスをカットしてやろう！　国民全員の電話を盗聴してやろう！　高所得者の税金を低くしてやろう！　何兆ドルものミサイル防衛網を作ろう！　裁判所の出廷令状がなんだ？　シエラクラブ〔環境保護団体〕がなんだ？　〈イン・ズィーズ・タイムズ〉紙がなんだ？　そんなものくそくらえだ！

われわれが大切に守るべき合衆国憲法には、ひとつ、悲しむべき構造的欠陥があるらしい。どうすればその欠陥を直せるのか、わたしにはわからない。欠陥とはつまり、頭のイカレた人間しか大統領《プレジデント》になろうとしないということだ。これはハイスクールにもあてはまる。クラス委員《プレジデント》に立候補するのは、どう見ても頭のおかしい連中ばかりだ。

＊

マイケル・ムーアの「華氏911」は、レイ・ブラッドベリのSFの傑作『華氏451』のもじりだ。華氏四百五十一度というのは、紙が燃え出す温度。本は紙できている。このブラッドベリの作品の主人公は自治体の職員で、本を焼くのが仕事だ。

焚書《ふんしょ》といえば、わたしは全国の図書館員に心からの感謝を捧げたいと思う。それは彼らが力持ちでもなく、強力な政治的コネも莫大な財産も持っていないにもかかわらず、図書館の棚からある種の本を追放しようとする非民主的で横暴な連中に断固として抵抗し、ある種の本を借りた利用者のリストを思想警察の手に渡らないよう破棄してくれたからだ。

わたしの愛するアメリカはまだここにある。それはホワイトハウスでも、最高裁判所でも、上院でも下院でも、メディアでもない。わたしの愛するアメリカは、公共図書館の受付にまだ存在しているのだ。

本について、もうひと言いっておこう。現在、われわれの日常のニュースソース、たとえば新聞・TVなどは臆病なうえに無警戒で、ちっともアメリカ国民の役に立っていない。ろくな情報を流していないのだ。実際にいま何が起こっているのかを知ろうと思ったら、頼りになるのは本だけだ。

たとえばそのいい例がクレイグ・アンガーの『ブッシュの野望　サウジの陰謀——石油・権力・テロリズム』〔秋岡史訳／柏書房〕だ。この本は二〇〇四年、あの屈辱的で、恥ずべき、血塗られた年に出版されている。

＊1　一九九一年から続く、元政治家ジュリー・スプリンガーがホストを務めるトークショー。
＊2　ジャック・フィニ原作のＳＦより。
＊3　一九一〇年代の無声映画シリーズで、どたばたの警官物ドラマ。
＊4　現実の生活などをのぞき見的に放映する、娯楽性の高い番組。

なんに関してもいい知らせはこれで、
聞けなくなってしまった。
われらが地球の免疫システムが
人類を排除しようとしている。
自己防衛のためには、これしかないのだろう。
カート・ヴォネガット

２００４年11月３日午前６時

THAT'S THE END OF GOOD NEWS ABOUT ANYTHING. OUR PLANET'S IMMUNE SYSTEM IS TRYING TO GET RID OF PEOPLE. THIS IS SURE THE WAY TO DO THAT.

KV

6 AM 11/3/04

10

数年前、ミシガン州イプシランティの懐古的な女性から、一通の手紙が送られてきた。彼女はわたしも懐古的な人間だということを知っていた。ここで「懐古的」というのは、終生、フランクリン・ディラノ・ローズヴェルトの伝統をひく北部民主主義者であり、労働者の友である、という意味だ。彼女は子どもを産もうと思い――わたしの子どもではない――悩んでいた。無邪気でかわいい赤ん坊を、こんなにおぞましい世界に送りこむのはよくないのではないかというのだ。

彼女はこう書いていた。「わたしはあなたの意見を聞きたいのです。わたしは四十三歳で、ようやく子どもを産もうと思うにいたりました。でも、不安でしょうがないのです。こんなに恐ろしい世界に新しい生命を送りこんでいいものなのでしょうか」

絶対にやめたほうがいい！　と、わたしは書くところだった。その子はジョージ・W・ブッシュやルクレツィア・ボルジア[*1]になるかもしれない。その子はある意味、幸運だ。貧乏人さえ肥満でいられる社会に生まれてくるのだから。だが、ある意味不幸だ。この社会には国民健康保険制度もなく、大方の人々はろくな公立学校に恵まれず、死刑と戦争が娯楽で、腕と脚を一本ずつなくすと大学に行けるようなところなのだから。もちろんその子がカナダ人か、スウェーデン人か、イギリス人か、フランス人か、ドイツ人なら、話は別だ。だから、避妊を続けるか、海外に移住したほうがいい。

しかしわたしはこう返事をした。生きていてよかった、と思わせてくれるものが音楽のほかにもあります。それは、いままでに出会った聖人たちです。聖人はどこにでもいます。わたしが聖人と呼んでいるのは、どんなに堕落した社会においても立派に振る舞う人々のことです。

*

ピッツバーグ出身の若者、ジョーがやって来て、不安そうにこう言った。「ぼくたち、大丈夫ですよね」

「若者よ、この地球へようこそ」わたしは答えた。「夏は暑く、冬は寒い。地球は丸く、水も人間も豊富だ。ジョー、ここでの寿命はたかだか百年くらいじゃないか。わたしが知っている決まりはたったひとつだ。ジョー、人にやさしくしろ！」

*

シアトルに住む若者から最近、こんな手紙がきた。

こないだ、いまでは当たり前になっていることなんですが、空港のセキュリティ・チェックで靴を脱ぐように言われました。ところが靴を脱いでトレイに置いた瞬間、ばかばかしくてしょうがなくなったんです。靴を脱いでX線でチェックするのは、だれかがスニーカーで飛行機を吹き飛ばそうとするかもしれないからですよね。それでふと考えたんです。自分は、あのカート・ヴォネガットでさえ想像もできなかった世界にいるんじゃないかって。ヴォネガットさんに質問ができるということがわかったので、聞きたいんですけど、こんな世界を想像してましたか？（もしだれかが、爆弾パンツとか発明したら、ほんとに、困っちゃいます）

返事。

空港での靴のチェックとか、「コード・オレンジ」[*2]とかは、世界規模の悪ふざけだと思う。しかしこの手の悪ふざけのなかにも、わたしのお気に入りがある。聖なる反戦の道化、アビー・ホフマン〔一九三六―一九八九年〕がヴェトナム戦争中にかましたやつだ。当時、ドラッグ狩りに夢中の政府を見るに見かねて、直腸からバナナの皮の成分を吸収するのが「新ドラッグ」として流行っていると言いだした。そこでFBIの科学班の連中は、その真偽を確かめるために、バナナの皮を尻の穴に突っこんだらしい……というか、そうだったらおもしろいのにな と、われわれは思ったものだ。

＊

だれもが脅威におびえている。たとえば、こんな手紙がきた。住所なしだ。

もし自分にとって危険だということがわかっている人間がいるとしたら——たとえば、ポケットにピストルを持っていて、即座に撃ってきそうな人間とか——あなたはどうします？

イラクはそんな相手なんです。われわれにとっても、世界中のほかの人々にとっても。なぜわれわれはのんびり構えて、あたかも安全なふりをしているのでしょう。アルカイダによる9・11のテロ事件はまさにこのことを象徴しています。しかし、イラクの脅威はそんなものとは比べものにならないくらい大きいといえます。われわれはなんの手出しもせず、幼い子どものようにおびえて、ただ待つしかないのでしょうか？

返事。

では、われわれすべてのために、ショットガンを買って——できれば12口径の二連式《ダブルバレル》がいい——隣の家に飛びこんで、その家の人たち（警官を除く）の頭を吹き飛ばしてください。みんな、武装しているかもしれませんから。

＊

メイン州、リトル・ディア・アイルからの手紙。

アルカイダの自爆テロの本当の動機はなんなんでしょう。大統領はこう言っています。「彼らはわれわれの自由が大嫌いなんだ」自由とは、信教の自由、言論の自由、投票・集会の自由、他人と異なる意見を持つ自由、そういったもののことでしょう。しかし大統領は、キューバのグアンタナモ米軍刑務所に送られた五百人を超えるテロ容疑者たちからこのことを聞いたわけでもないし、側近からの現状報告《ブリーフィング》でこのことを知ったわけでもありません。なぜ、マスコミや、選挙で選ばれた政治家たちは、ブッシュのこんなばかな言い訳を許しているのでしょう。平和も、指導者に対する信頼も、アメリカ国民に真実が語られない限り、ありえません。

願わくば、わが連邦政府を、ひいては全世界を乗っ取った連中、それもミッキーマウス的〔ばかばかしいほどちょろい〕クーデターによって乗っ取った連中、そして、憲法によって据えつけられていた防犯装置をすべて外してしまった連中（憲法というのは、言い換えれば、議会であり、最高裁であり、われわれ国民なのだが）、そういった連中が本当にクリスチャンでありますように。しかしウィリアム・シェイクスピアも昔こう言っている。「悪魔も聖書を引くことができる。身勝手な目的にな」〔『ヴェニスの商人』第一幕第三場〕

また、サンフランシスコからこんな手紙がきた。

アメリカ人って、ほんとにばかだと思う。まだみんな、ブッシュが選挙で選ばれたと思ってるし、ブッシュが自分たちのことを考えてくれてると思ってるし、ブッシュは自分が何をやってるかってことを多少なりともわかってる、なんて思ってる。だけど、人々を救うとか言いながら、その人たちを殺したり、その人たちの国をめちゃくちゃにしたりするって、どういうことだ？　どうして先に手を出したりするんだ？　すぐに報復されることくらいわかっているのに。ブッシュには理性も道理も道徳も通用しない。ブッシュは頭の悪い操り人形で、おれたちみんなを崖っぷちに連れていこうとしてる。なんでみんなわからないんだろう。ホワイトハウスにいる軍事独裁者は素っ裸の王様なのに。

わたしは彼にこう書いた。人間は地獄の悪魔なんかじゃない、と思っているなら『不思議な少年』を読むといい。一八九八年のマーク・トウェインの作品で、第一次世界大戦のずっと前に書かれた。この小説で、彼は暗い満足感にひたったに違いない。わたしも読んで、同じ気持ちを味わった。そう、神ではなく悪魔がこの地球を創造し、「ろくでもない人類」というやつを創造したのだ。もし嘘だと思うなら、朝刊を読めばいい。どの新聞でもいい。いつの新聞でもいい。

＊1　ルネサンス期のローマ教皇アレクサンデル六世の娘。「教皇の娘で嫁で愛人」と噂された。

＊2　テロの危険度を色で表すテロ警報のこと。9・11以後、アメリカはオレンジのことが多い。

＊

あれって、
何が楽しいんですか？
フェラチオと
ゴルフ。

――――火星からの訪問者

WHAT IS IT,
WHAT CAN IT
POSSIBLY BE
ABOUT
BLOW JOBS
AND GOLF?

— MARTIAN VISITOR

11

さて、いい知らせがいくつかと、悪い知らせがいくつか。(悪い知らせ) 火星人がニューヨークに着陸して、現在、一流ホテルのウォルドーフ・アストリア・ホテルにいる。(いい知らせ) 連中が喰らうのは肌の色にかかわらず、ホームレスの男、女、子どもだけ。連中はガソリンの小便を出す。

そのガソリンをフェラーリに入れれば、時速百五、六十キロで走れる。飛行機に入れれば、弾丸くらい速く飛べて、アラブ諸国にいろんな物を落とすこともできる。スクールバスに入れれば、子どもたちを学校まで運んでくれて、家に送り届けてくれる。消防車に入れれば、消防士を火事の現場に連れていって、火を消し止めることができる。ホンダに入れれば、仕事場に行って戻ってくることができる。

火星人たちの大便はウラニウムだ。ひとつあれば、ワシントン州タコマのすべての家、学校、教会、会社の光熱をまかなうことができる。

しかしまじめな話、もしスーパーで売っている三流新聞の最新記事を追っていればわかると思うが、火星人の人類学研究班は、ここ十年のあいだ、われわれの文化を研究し続けているらしい。というのも、この地球で多少なりとも価値のあるのは文化だけだからだ。もちろん、ブラジルやアルゼンチンは無視してOK。

それはともかく、連中は先週、火星に戻った。というのも、地球温暖化現象が進んで深刻な事態になりそうだとわかったからだ。ところで、彼らの乗り物は、空飛ぶ円盤ではなかった。どちらかというと、空飛ぶ「蓋つきのスープ用深皿」に近い。それに彼らは背が低かった。せいぜい十五センチというところ。しかも皮膚は緑ではなく、紫だ。

チビで紫色の火星人の指導者は女性だった。彼女は地球人との別れに際して、ちっちゃなちっちゃな、かすれたかすかな声で、こう言った。アメリカ文化でどうしても火星人にわからないことがふたつあります。

「あれって、何が楽しいんですか？」火星人の指導者は言った。「フェラチオとゴルフ」

これは、わたしがこの五年ほど執筆中の本からの引用だ。主人公はギル・バーマンという、わたしより三十六歳若いコメディアン。いわゆるピン芸人というやつだ。時代は、世界の終わり頃。われわれが海の魚をすべて殺し、石炭や石油のまさに最後の一個、一滴を使いきろうとしているときに、この男はこういうジョークをとばすことになっている。そんなわけで、この小説はなかなか終わりそうにない。

この作品、とりあえずタイトルを『もしいま神が生きていたら』にしてある。まあ、仮題というやつだ。ところで、われわれはそろそろ、貧乏人さえ肥満でいられる国にいることを神に感謝しなきゃならない。ブッシュの議会《ダイエット》がそれを変えてしまうかもしれないが。

わたしが書き終えることができそうにない『もしいま神が生きていたら』について説明しておこう。さっきも書いたように、主人公はコメディアン（ピン芸人）で、時代は「終末の日」。彼が非難するのはわれわれの化石燃料依存症や、化石燃料を麻薬のように売買する連中に加担しているホワイトハウスの面々だけではない。人口が増えすぎていることから、彼は性交にも反対している。ギル・バーマンは観客にこう言う。

おれ、すごい独身主義者でさ、ローマカトリックのホモじゃない坊さんの五十パーセント程度には独身的禁欲なわけ。独身って、歯の根管治療とかと違って、とても快適なんだ。それにすごく安上がりで便利。コンドーム使った安全なセックス？　あとが面倒じゃん。だけど、ひとりだったら全然面倒じゃない。「あと」なんて、ないもん。

それから、うちのかんしゃく持ち――うちのTVのこと――から巨乳の美女がにこにこしながら言うんだ。あなた以外の人はみんな今晩セックスするんですよ、それって、国家的緊急事態ですよ、だからあなたも大急ぎで車や薬や、ベッドの下にしまえる折りたたみ式の健康器具を買いに行きましょうって。おれはハイエナみたいに声をあげて笑う。おれも、あんたもみんな知ってるよね。何百万ものよきアメリカ人が（ここにいらっしゃる皆様ももれなく）今夜はヤレないんだからさ。

いまわれわれ、すごい独身主義者は誓う！　おれは合衆国の大統領が——彼もたぶん今夜はヤラないと思うが——独身者の日を制定する日がくるのを心待ちにしているんだ。心の扉を開ければ、おれたちの仲間が何百万人もいることがわかるはずだ。さあ、背筋を伸ばし、顔をあげて、このおっぱい大好き民主主義国家のメインストリートを行進しながら、ハイエナのように声をあげて笑おう。

神？　神がいま生きていたら？　ギル・バーマンはこう言う。「神はきっと無神論者になっていたと思う。だって、世界はいま、小便大便まみれの絶望的大混乱なんだから」

＊

われわれの犯している大罪の第一は人間であることだが、第二は、時に対する罪ではないかと思う。われわれは時計やカレンダーなど様々な道具を使って、サラミのように「時」をスライスし、そのひと切れひと切れに名前をつけ、所有した気になり、時はそれっきり固定されてしまったように思う――「一九一八年、十一月十一日、午前十一時」とか――が、じつは、時は粉々に壊れたり、水銀のように飛び散ってしまうこともある。

ということは、もしかしたら、第二次世界大戦が第一次世界大戦の原因だったのかもしれない。そうでなかったら、それこそ、第一次はとことん不気味で、説明しようもないナンセンスな事件としか考えられないではないか。あるいは、こんなこともありうるかもしれない。たとえば、バッハとかシェイクスピアとかアインシュタインといった信じられないほどの天才がじつは超人ではなく、未来世界の名作をコピーした剽窃《ひょうせつ》者にすぎないとか。

*

二〇〇四年一月二十日火曜日、わたしは〈イン・ズィーズ・タイムズ〉紙のわたしの編集者、ジョエル・ブライファスにこんなFAXを送った。

オレンジ・コード
経済テロ攻撃が
東部標準時午後八時に予定されている。 KV

ジョエルは心配して、どうしたんだと電話をかけてきた。わたしはこう答えた。情報がそろったらちゃんと話すつもりだが、ジョージ・ブッシュが一般教書演説で爆弾を落とすつもりらしいんだ。

その晩、友人の、絶版SF作家キルゴア・トラウト[*1]が電話で聞いてきた。「一般教書演説の中継、見たか?」

「ああ、見てて思い出したよ。イギリスの偉大な社会主義者・劇作家のジョージ・バーナード・ショーが地球に関して名言を残してるんだ」

「どんな?」

「『月に人間がいるかどうかは知らないが、もしいるとしたら、彼らは地球を精神病院代わりに使ってるんだろう』もちろん、ショーは、ばい菌やゾウのことを言ってるんじゃなくて、われわれ人間のことを言ってるんだ」

「なるほど」

「きみは、この地球が宇宙の精神病院だと思わないか？」

「カート、わたしはかつて一度も、自分の意見なんか言ったことはないだろう？」

「われわれは、本来生命を育むようにできているこの惑星を、原子力エネルギーと化石燃料を使った熱力学的ばか騒ぎによって破壊している。そしてそんなことはだれもが知っているのに、だれひとり気にしていない。つまり、みんな頭がおかしいということだ。いま地球の免疫システムはわれわれを排除しようとしていると思う。エイズや新種のインフルエンザや結核が流行っているのはそのせいじゃないか。わたし自身、地球はわれわれを排除すべきだと思う。人間ってのはじつに恐ろしい動物だ。ほら、あのバーブラ・ストライザンドがばかなこと歌ってるだろう。『人を必要とする人は、世界でいちばん幸せ』。これって、共食いの発想じゃないか。まあ人はたくさんいるけど。そう、地球はわれわれを排除しようとしている。だけど、手遅れじゃないかと思う」

わたしは、じゃあ、と言って、電話を切ると、深く座り直して墓碑銘を書いた。

「よき地球よ――われわれはあなたを救うことができたのかもしれません。しかしわれわれはあまりに浅薄で怠惰でした」

＊1　ヴォネガットのいくつかの作品に出てくる架空のＳＦ作家。

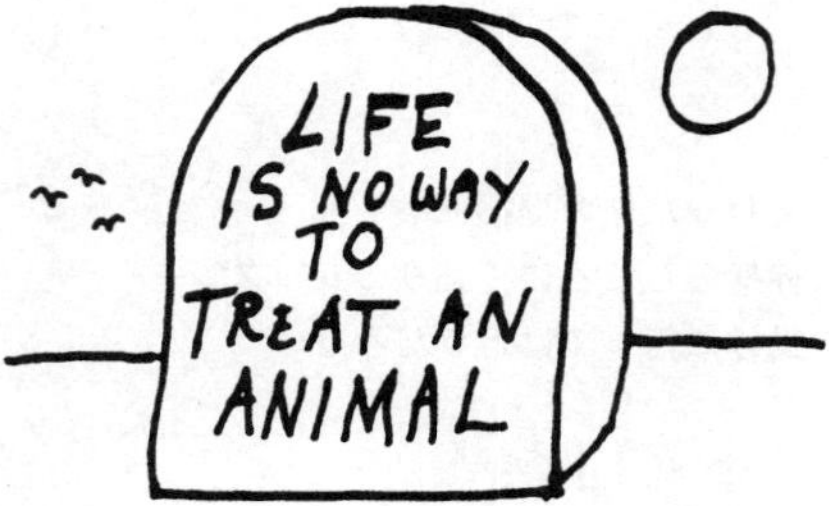
LIFE
IS NO WAY
TO
TREAT AN
ANIMAL

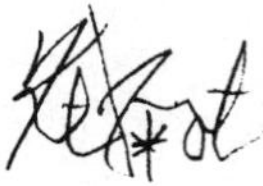

「いまの地球は、どんな生き物にとっても絶望的だ。」

変わった旅の提案――
神様のところに、踊りのレッスンを
受けに行ってはどうだろう。

――――ボコノン

PECULIAR
TRAVEL SUGGESTIONS
ARE
DANCING LESSONS
FROM GOD.

—BOKONON

12

わたしはかつて、マサチューセッツ州ウェスト・バーンステイブルにある自動車販売会社の社長だった。会社の名前はサーブ・ケープコッド。会社もわたしも、三十三年前にポシャった。当時、いや、いまでも、サーブはスウェーデン車だ。わたしがいま思うに、あのときディーラーとして失敗していなければ、わたしの大きな謎は謎のままだっただろう。その謎というのは、スウェーデン人はどうしてわたしにノーベル文学賞をくれないのか、というものだ。古いノルウェーのことわざにこんなのがある。

「スウェーデン人は精力は弱い、記憶力は強い」

まあ、聞いてほしい。当時、サーブの車種はひとつきりで、フォルクスワーゲンに似たビートル型の2ドア・セダンだった。が、エンジンは前についていた。ドアはいわゆる自殺《スーサイド》ドア。座席のドアが前から後ろに開くので、何かあったときに車から飛び降りようとしても飛び降りることができない。ほかの車とは違って、芝刈り機や船外モーターと同じように、搭載エンジンは4ストロークではなく2ストロークだった。だから、ガソリンを入れるたびに、オイルも一缶入れてやらなくてはならなかった。どんな理由があれ、まっとうな女性はそんなことをやりたがらない。

セールスポイントは、赤信号のときフォルクスワーゲン相手なら出足の速さで張り合えるということだった。ただし本人か連れが、ガソリンのタンクにオイルを混ぜ忘れたら、車ごと花火になってしまう恐れがあった。また前輪駆動だったので、滑りやすい舗装道路を走るときや、ハイスピードでカーブにさしかかったとき、多少安定しているという利点もあった。そうそう、車の購入を考えていた客に「スウェーデン人は最高の時計を作るくせに、なんで車はだめかなあ?」と言われたことがある。わたしはうなずく以外なかった。

当時のサーブは、いまのスリムでパワフルな4ストロークのかっこいいデザインの対極にあった。車を作ったことのない飛行機工場のエンジニアたちのオナニーの産物みたいなものだ。あ、「オナニー」なんて言っちゃった。まあ、聞いてほしい。ダッシュボードに輪がひとつ付いていて、それに一本の鎖がつながっている。鎖は滑車を伝ってエンジンルームを越え、フロントグリルの後ろのバネ仕掛けのローラーにつながっている。このローラーがブラインドみたいなものを動かす仕組みになっていて、輪を引っぱるとフロントグリルのブラインドが上がる。これは、運転手が車から離れているとき、エンジンが冷めないようにしておく仕掛けだった。だから、戻ってきたときは（あまり長いこと放っておくとまずいが）、一発でエンジンがかかるようになっていた。

長いことほったらかしにしていると、ブラインドがあろうがなかろうが、オイルがガソリンから分離して、タンクの底に糖蜜みたいな褐色の沈殿ができる。その状態でエンジンをかけると、戦闘中の駆逐艦みたいに、煙幕をはってしまう。実際、わたし自身それをやって、真っ昼間、ウッズ・ホールの町全体を灯火管制状態、つまり真っ暗にしたことがある。サーブを一週間ほど駐車場に駐めておいたのが原因だ。いままも、あの町の老人たちは、あの黒煙がどこから出てきたのか不思議に思っているらしい。とまあ、わたしがノーベル賞をもらえないのは、こんな具合にスウェーデンのエンジニアの悪口を言ったせいらしい。

＊

笑えるジョークはむつかしい。たとえば、『猫のゆりかご』にはとても短い章がいくつもある。ひとつひとつが一日がかりの仕事で、どれもジョークだ。もしわたしが悲劇的な状況を書いていたなら、章を細かく区切って、それぞれがうまくいっているかどうか時間をかけて確かめる必要はなかっただろう。悲劇的な場面でしくじることはまずない。しかるべき要素をしかるべく盛りこんでおけば、感動的に仕上がるものだ。しかしジョークは、ネズミ取りの罠《わな》を一から作るようなもので、ここというときにバチンとばねがきくように作るのはとても大変だ。

わたしはいまでもラジオのお笑いを聞いているが、この頃はお笑い番組が少なくなってしまった。お笑い番組というジャンルにもっとも近いのは、グルーチョ・マルクスのクイズ・ショー、「命をかけて」の再放送だろう。わたしは、お笑いが作れなくなったお笑い作家を何人も知っている。みんなまじめになって、ジョークが作れなくなってしまったのだ。たとえば、マイケル・フレイン。イギリスのユーモア作家で、『ティン・メン』を書いた。彼は驚くほどまじめになってしまった。頭のなかで何かが起こったのだろう。

ユーモアは、人生がいかにひどいものになりうるかということを忘れさせ、人を守ってくれる。しかしあまりに疲れて、ひどい知らせばかり聞かされると、ユーモアがもはやきかなくなる。マーク・トウェインは、人生はまったくひどいものだと思いながらも、それをジョークやなんかで押さえこんでいたのだが、ついにはそれもできなくなってしまった。彼の妻が、大の親友が、そしてふたりの娘が死んだ。人は長生きをすると、近しい人が次々に死んでいくものだ。

わたしはもう、ろくなジョークを考えられないようになってしまったのかもしれない——つまり、ジョークが防衛手段として働かなくなってしまったのだ。おもしろいことの言える人もいれば、言えない人もいる。わたしはおもしろいことの言える人間だったのに、もう言えなくなってしまった。おそらく、ショックを受けることや失望させられることが多すぎたせいで、ユーモアという防衛手段がきかなくなってしまったのだ。そしてかなり気むずかしくなった。腹立たしいことがあまりに多くて、笑いでは対処しきれなくなってしまったからだ。

何をいまさら、と言われるだろうか。これからわたしはどうなるのだろう。さっぱりわからないが、この体と頭に何が起こるのか、他人事のようにのんびり眺めて楽しんでみようと思う。わたしは自分が作家になったことに驚いている。自分が自分の人生をうまく操れるとも思っていないし、作文がうまいとも思わない。ほかの作家は全員、自分をうまく律していると感じているらしいが、わたしにそんな感覚はない。自分を律するとか操るとか、わたしにはそんな力はない。ただただ成り行きまかせに生きているだけだ。

唯一わたしがやりたかったのは、人々に笑いという救いを与えることだ。ユーモアには人の心を楽にする力がある。アスピリンのようなものだ。百年後、人類がまだ笑っていたら、わたしはきっとうれしいと思う。

＊

わたしは、わたしの孫と同世代の人々に心から謝りたい。これを読んでくれている多くの人々はたぶん、そのくらいの年だろう。孫と同世代の人々も、この本の読者も、わが国のベビーブームに生まれた世代が牛耳る企業や政府によってまんまとだまされ、食い物にされてきた。

そう、この地球はいまやひどい状態だ。しかしそれはいまに始まったことではなく、ずっと昔からそうだったのだ。「古きよき時代」など、一度たりともあったためしがない。同じような日々を重ねてきただけだ。だから、わたしは自分の孫にはこう言うことにしている。「年寄りに聞こう、なんて思うんじゃないぞ。おまえとちっとも変わらないんだから」

ばかな年寄りがいる。わしらが経験したような大きな災難を経験しないうちは大人になれない、なんてのたまうやつらだ。大きな災難というのは大恐慌や、第二次世界大戦や、ヴェトナム戦争なんかのことだ。作家たちのせいで、こういう恐ろしい（自殺的とまでは言わないまでも）神話が出来上がってしまった。数えきれないほどの小説のなかで、災厄をくぐり抜けた主人公が最後にこう言う。「今日、わたしは女になった。今日、おれは男になった。おしまい」

わたしは第二次世界大戦から戻ってきたとき、ダンおじさんに背中をたたかれて、こう言われた。「おまえもこれでようやく男になったな」わたしはおじさんを殺した。実際に殺したわけじゃないが、殺したい、とたしかに思った。

ダンおじさんはいやな男だった。男は戦争に行かないと一人前じゃないなんて、ひどい言《い》い種《ぐさ》だと思う。

しかしわたしにはいいおじもいた。もう亡くなったアレックスおじさんだ。父の弟で、ハーヴァード出身で子どもがなく、インディアナポリスでまっとうな生命保険の営業をやっていた。本好きで、頭がよかった。おじさんの、ほかの人間に対するいちばんの不満は、自分が幸せなのにそれがわかっていない連中が多すぎるということだった。夏、わたしはおじといっしょにリンゴの木の下でレモネードを飲みながら、あれこれとりとめもないおしゃべりをした。ミツバチの羽音みたいな、のんびりした会話だ。そんなとき、おじさんは気持ちのいいおしゃべりを突然やめて、大声でこう言った。「これが幸せでなきゃ、いったい何が幸せだっていうんだ」

だからわたしもいま同じようにしている。わたしの子どもも孫もそうだ。みなさんにもひとつお願いしておこう。幸せなときには、幸せなんだなと気づいてほしい。叫ぶなり、つぶやくなり、考えるなりしてほしい。「これが幸せでなきゃ、いったい何が幸せだっていうんだ」と。

＊

想像力は生まれつきのものではない。教師や親によって育まれる。かつて、想像力がとても大切にされた時代があった。その頃は、想像力こそが娯楽の源だったのだ。一八九二年に七歳だったら、こんな物語を読んだに違いない――とても単純なお話で――女の子の飼っていた犬が死ぬ話だ。それだけで、泣きそうにならないだろうか？その幼い女の子がどんなに悲しんだかわからないだろうか？　また、金持ちの男がバナナの皮で転ぶ話を読んだら、吹き出しそうにならないだろうか？　こういった想像の回路は頭のなかに作られている。美術館に行けば、色を塗った四角いものが何百年もそのままに置いてある。音が出てくるわけでもない。想像力がなければ、ただそれだけのものだ。

しかるべく育まれた想像力の回路は、どんなに小さなきっかけにも反応するようになる。本は、アルファベット二十六文字、十個の数字、および八個ほどの句読記号でできていて、読者はそれを眺めてはヴェスビオ山の噴火や、ウォータールーの戦いを思い描く。しかしいままでは、回路を作るのに教師や親の助けはいらない。専門家が作った完璧なショーが存在するからだ。すばらしい役者たち、本物そっくりのセット、効果音、音楽。いまや情報のハイウェイが縦横無尽に広がっている。もはや乗馬を覚える必要がないのと同じように、そうした回路を持つ必要もなくなってしまった。だが想像力の回路を作り上げた人たちは、他人の顔を見るだけで、そこに物語を読み取ることができる（；）ほかの人にとっては、なんの変哲もない顔であっても。

ここでひと言。わたしはセミコロン（；）を使った。この本の第三章で、絶対に使わないようにと書いたのだが、ここで使ったのは、ひとつ言いたいことがあったからだ。つまり、ルールは人を導いてくれるが、それには限度がある。どんなにすばらしいルールも万能ではない。

＊

これまで会ったなかでいちばん賢い人はだれだっただろう。それは男だった。が、それはたまたまだ。その人というのは、グラフィック・アーティストのソール・スタインバーグだ。彼は、わたしの知り合いの例にもれず、すでに死んでいる。わたしはなんでも質問したものだ。六秒後、彼は完璧な答えをくれた。不機嫌そうに、うなるような声で。彼はルーマニア生まれで、そこでは「カモが家の窓からなかをのぞきこんでいた」らしい。

わたしはこう尋ねたことがある。「ソール、ピカソをどう考えればいい?」

六秒後、こんな答えが返ってきた。「神が彼を地上にお遣わしになったのは、本当に金持ちになるというのがどんなものなのか、教えたかったからだ」

わたしは言った。「ソール、わたしは作家だ。そして友だちにも作家は多いし、みんないい作家だ。しかしいっしょにしゃべっていると、ふたつのまるきり違う職業に分かれるような気がしてならない。なんでだと思う？」

六秒後の答え。「そりゃ、簡単だ。芸術家には二種類ある。どちらが上ということはないが、片方はそれまでの自分の作品や創作活動を第一に考えるグループで、もう片方は人生や命そのものを第一に考えるグループだ」

わたしは言った。「ソール、きみは才能があるのかい？」

六秒後、彼はうなった。「答えはノーだ。しかしどんな芸術においても、いちばん大切なのは、芸術家が自分の限界といかに戦ったかということだ」

SAAB CAPE COD

RTE. 6A, W. BARNSTABLE, MASS.
FOrest 2-6161, 2-3072
KURT VONNEGUT, Manager

SALES. PARTS. SERVICE FOR THE SWEDISH SAAB AUTOMOBILE

レクイエム

十字架にかけられし地球よ。
声を持ち
皮肉をこめて
言ってほしい。
破壊的な人間のことを。
「父よ、彼らを許したまえ。
彼らは自分たちのしていることが
わかっていないのです」

皮肉な点は、
われわれは、自分たちのしていることを
ちゃんとわかっているということだ。

最後の生き物が
われわれのせいで死ぬとき
地球がしゃべってくれたら
とても詩的《すてき》だと思う。
それもわきあがるような声で
できれば
グランドキャニオンの
大地から立ち上るような声で
「やっと、くたばったか」
人間はここが好きではなかったのだ。

父が言った。

「迷ったときは、一か八かの勝負に出ろ」

MY FATHER SAID, "WHEN IN DOUBT, CASTLE."

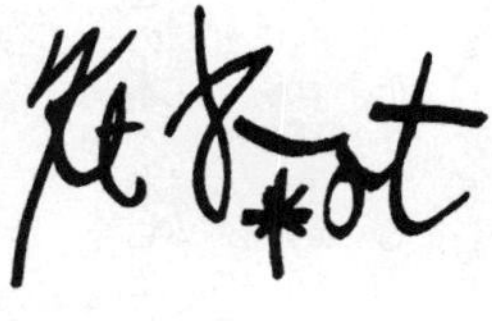

作者から

一ページ全部を使った、手書きの言葉がこの本のあちこちにある。額に入れて飾っていただいても結構だ。これらはすべてオリガミ・エクスプレス製だ。オリガミ・エクスプレスというのは、わたしとジョー・ペトロ三世が立ち上げた企画で、事務所はジョーが絵を描いたりシルクスクリーンを刷ったりするアトリエにある。場所はケンタッキー州レキシントン。わたしが絵を描いて、ジョーがそれを刷っていく。それも一枚一枚、一色一色、時間のかかる、昔ながらのシルクスクリーンの技法で。いまこの方法を使っている人はほとんどいないと思う。布にインクを染みこませて、それを紙に移していく。とても面倒で、手先の微妙な感覚がものをいう作業だ。ある意味曲芸にも近い。ジョーが刷り上げたものは一枚残らず絵画作品といっていいくらいだ。

われわれの立ち上げたオリガミ・エクスプレスという名前は、ジョーが送ってくる何重にも包んだパッケージを見て思いついた。その包装のなかにあるのは、ジョーが刷ったシルクスクリーン。わたしがそれにサインしてナンバーを入れることになっている。オリガミのロゴはジョーのオリジナルだ。わたしが送った絵を彼が刷ったのではない。が、『チャンピオンたちの朝食』という小説にあるわたしの描いた絵がもとになっている。それは落下中の爆弾の絵で、こんな言葉が書いてある。

グッドバイ
ブルー
マンデー

わたしは現在生きている人間のうちすごくラッキーな人間のひとりだと思っている。なにしろもう八十二歳なのだ。わたしは数えきれないくらい死にかけたし、死んだほうがましだと思うような目に遭ってきた。しかしわたしに起こった最高の出来事のひとつは、ジョーとの出会いだ。十億分の一くらいの確率でしか起こりえないことだし、わたしはこのことを心から喜んでいる。

いきさつはこうだ。いまからほぼ十一年前、一九九三年のこと、わたしは十一月一日にミッドウェイ・カレッジという女子大で講演をすることになっていた。大学があるのはレキシントンの街のはずれだ。講演のかなり前に、ケンタッキーのアーティスト、ジョー・ペトロ三世、つまりケンタッキーのアーティスト、ジョー・ペトロ二世の息子が、わたしに白黒の自画像を描いてくれないかと言ってきた。それをシルクスクリーンで刷って、ポスターにして学内に貼りたいというのだ。そこでわたしは自画像を描き、彼がそれを刷った。そのときジョーは三十七歳だった。わたしは七十一歳で、まだ青二才だった。なにしろ彼の年の二倍にも達していなかったのだ。

カレッジに講演に行ってみると、そのポスターが最高だった。ジョーと会って話を聞いた。彼は生物学的にも正確な野生動物の絵をロマンティックに描いていて、それをもとにシルクスクリーンの作品を作っているとのことだった。テネシー州立大学で動物学を専攻したそうだ。彼の作品は魅力的なうえに、細かいところまで正確に描かれているので、グリーンピースが宣伝に使っているくらいだ。グリーンピースというのは、いままでのところはかばかしい成果はあがっていないが、われわれの現代生活の犠牲になって絶滅しそうな種（人類も含む）を救おうとがんばっている団体だ。ジョーはわたしにポスターやほかの作品やアトリエを見せてくれて、こう言った。「これからもいっしょにやりませんか？」

で、そうすることになった。いま思い返してみれば、わたしはジョー・ペトロ三世に命を救ってもらったといってもいいような気がする。が、その理由を説明するのはやめておく。詳しい話はしたくない。

それ以降、われわれは協力して二百種類以上の作品を作ってきた。ジョーが刷って、わたしがサインしてナンバーを入れる。各種、十枚か、十枚ちょっとだ。この本に入れた何枚かの「サンプル」は代表作ではないが、ごく最近作った「知的遊び」のようなものだ。われわれの作品のほとんどは、パウル・クレーやマルセル・デュシャンといった画家のわたし流コピーだ。

わたしたちが最初に出会って以来、ジョーはほかの連中をだまして絵を送らせ、それを使っていろいろ楽しんでいる。その連中のなかには、コメディアンのジョナサン・ウィンターズ（かつて美術学校の学生だった）とかイギリスのアーティスト、ラルフ・ステッドマンなんかがいる。ステッドマンの作品には、ハンター・トンプスンの Fear and Loathing シリーズ〔そのうち、Fear and Loathing in Las Vegas はテリー・ギリアム監督が映画化。『ラスベガスをやっつけろ』」のために描いた、いかにも内容にぴったりの恐ろしげなイラストがある。わたしとステッドマンはジョーを通じて知り合い、仲間になった。

そうそう、このあいだ（二〇〇四年）の七月、ジョーの企画による、われわれの協同作品の展示会があった。場所はインディアナポリス・アートセンター。インディアナポリスはわたしの生まれた街だ。ここにはほかにも、建築家であり画家でもあったわたしの祖父、バーナード・ヴォネガットの絵が一枚、やはり建築家であり画家でもあった父カート・ヴォネガットの絵が二枚、娘エディスの絵が六枚、医者になった息子マークの絵が六枚、展示された。

ラルフ・ステッドマンは、わたしの家族展があるとジョーから聞いて、お祝いの手紙をくれた。わたしは次のような返事を書いた。「ジョー・ペトロ三世が、わが家四代の絵画展をインディアナポリスで開いてくれた。そしてジョーは、わたしときみをまるで従兄弟《いとこ》のような関係にしてくれた。まさか、ジョーは神様じゃないよな。もしそうだったら、本当にうれしいんだが」

もちろん、冗談だ。

オリガミ・エクスプレスの作品はどんなもんかって？　残念なことにもう死んでしまったが、アーティストのシド・ソロモンに尋ねたことがある。ロングアイランドで何度もいっしょに夏を過ごした仲のいい隣人だった。その彼に、いい絵と悪い絵の見分け方を聞いてみたのだ。すると驚くほど納得のいく答えが返ってきた。「百万枚、絵を見るんだな。そうすりゃ、間違えることはない」

わたしはこの言葉を娘のエディスに伝えてやった。娘はプロの絵描きだ。すると娘もまったく同感だったらしく、こう言ってきた。「ローラースケートでルーヴルをぐるぐるまわって、『○、×、×、○、×、○』とか言ってみたいわ」

うん、そうか。

訳者あとがき

二十世紀後半のアメリカを代表する作家カート・ヴォネガットの遺作！

となれば、あとがきも、それ相応に、ヴォネガットの文学的意味であるとか、ヴォネガットの作品の歴史的価値であるとか、ヴォネガットの作品世界の斬新さであるとか、あるいは読者としての訳者の思い入れであるとか、そういったところから始めるのが妥当かもしれない。が、その手のありきたりで権威的な紹介を、ヴォネガットが喜ぶはずがない。

というわけで、『ハイスクールUSA』（長谷川町蔵・山崎まどか著／国書刊行会）という、アメリカ学園映画の紹介本の引用から始めようと思う。

思春期とイノセンスの喪失について描いた、アメリカ文学者といえばサリンジャー……なのだが、学園映画ではサリンジャーよりも圧倒的に、カート・ヴォネガット、『ライ麦畑』より『スローターハウス5』への支持が強い。『バーシティ・ブルース』でジェームズ・ヴァン・ピークが控えのベンチで読んでるのは『スローターハウス5』（中略）『待ちきれなくて』ではラスト、イーサン・エンブリーは大学でヴォネガットの講座を受けるために（中略）『バック・トゥ・スクール』に至っては（中略）ヴォネガットその人が登場するのである！

これを読んで、なるほどなと思った。アメリカの高校生にとっては、やっぱり、ヴォネガットのほうがずっとおもしろいのだ。あのユニークな発想とスラプスティックな展開の作品にこめられた強烈なアイロニー、そしてその陰に隠された温かいユーモア。人間への愛と憎悪の葛藤が、（「ピタゴラ装置」にも似た）ヴォネガット装置を通って現れた作品の数々は、若い感性にとって常に新鮮なのだ。

そんなヴォネガットの晩年のエッセイを集めたのがこれ。まさにヴォネガット。どこを切っても、どこを取っても、どこを読んでも、ヴォネガット。一〇〇パーセント、ヴォネガットだ。

下手な紹介は無用。映画の予告編風に、抜粋でもってその魅力を伝えるとしよう。たとえば、こんな感じ。まずは徹底的なアメリカ批判。

いま、この地球上でもっとも大きな権力を持っているのは、ブッシュ《陰毛》、ディック《男根》（ディック・チェイニー）、コロン《尻》（コリン・パウエル）の三人だ。何がいやだといって、こんな世界で生きることほどいやなことはない。

アメリカが人間的で理性的になる可能性はまったくない。なぜなら、権力がわれわれを堕落させているからだ。絶対的な権力が絶対的にわれわれを堕落させている。人間というのは、権力という酒に酔っ払ったチンパンジーなのだ。

アメリカにおいてもっとも許しがたい反逆は、「アメリカ人は愛されていない」ということだ。アメリカ人がどこにいようと、そこで何をしていようと。

うちの大統領はクリスチャンだって？　アドルフ・ヒトラーもそうだった。

そして、現代文明批判。

「進化」なんてくそくらえ、というのがわたしの意見だ。人間というのは、何かの間違いなのだ。われわれは、この銀河系で唯一の生命あふれるすばらしい惑星をぼろぼろにしてしまった。

じつは、だれも認めようとしないが、われわれは全員、化石燃料中毒なのだ。そして現在、ドラッグを絶たれる寸前の中毒患者のように、われわれの指導者たちは暴力的犯罪を犯している。それはわれわれが頼っている、なけなしのドラッグを手に入れるためなのだ。

それから独特の文学観、芸術観、そして人間観。

偉大な文学作品はすべて——『モウビィ・ディック』『ハックルベリ・フィン

の冒険』『武器よさらば』『緋文字』『赤い武勲章』『イリアス』『オデュッセイア』『罪と罰』『聖書』「軽騎兵旅団の突撃の詩」(アルフレッド・テニスン)――人間であるということが、いかに愚かなことであるかについて書かれている(だれかにそう言ってもらうと、心からほっとするはずだ)。

わたしが言いたかったのは、シェイクスピアは物語作りの下手さ加減に関しては、アラパホ族とたいして変わらないということだ。

それでもわれわれが『ハムレット』を傑作と考えるのにはひとつの理由がある。それは、シェイクスピアが真実を語っているということだ。

そしてまた、音楽への愛。

外国人がわれわれを愛してくれているのはジャズのおかげだ。外国人がわれわれを憎むのは、われわれがいわゆる自由と正義を押しつけようとしているからではない。われわれが憎まれているのは、われわれの傲慢さゆえなのだ。

政府や企業やメディアや、宗教団体や慈善団体などが、どれほど堕落し、貪欲で、残酷なものになろうと、音楽はいつもすばらしい。
もしわたしが死んだら、墓碑銘はこう刻んでほしい。

彼にとって、神が存在することの証明は音楽ひとつで十分であった。

ここにあげた抜粋、これだけで十分に、いや十二分にこの本の魅力と危険性は伝わると思う。少しでも心に触れるところのあった人は、ぜひ、じっくり本文を読んでほしい。

ヴォネガットが死んだとき、ヴォネガットのファンや、ヴォネガットを読みふけったことのある人たちは、「ひとつの時代が終わった」と感じたかもしれない。しかし、そうではない。いまこそ、あらためてヴォネガットが読まれるべき時なのではないだろうか。

だから、とくに若い人々にヴォネガットを読んでほしいと思う。このエッセイ集だけでなく、ほかの多くの作品も。

最後になりましたが、この本の翻訳を勧めてくださって、さらに訳文についてていねいなアドバイスをしてくださった編集者の松島倫明さん、原文とのつきあわせをしてくださった西田佳子さん、野沢佳織さん、作者に代わっていろいろな質問に答えてくださったジョージ・ハンさんに心からの感謝を！

そうだ、最後の最後に、"God Bless You, Mr. Kurt Vonnegut!"

二〇〇七年六月二十四日

金原瑞人

文庫版訳者あとがき

いまアメリカで、若者に最も人気のある作家はジョン・グリーンだろう。三作目の『さよならを待つふたりのために』が大ヒット、自分で脚本を書いた映画（日本では『きっと、星のせいじゃない』というタイトルで上映）も高く評価された。

グリーンの作品の特徴は、甘ったるい青春小説とはまったく異なった設定と展開とエンディング、そして文学作品をあちこちにちりばめて世界を広げていく手法といっていい。

『さよならを待つふたりのために』の原題"The Fault in Our Stars"はシェイクスピアの科白《せりふ》のもじりだし、二作目の『ペーパータウン』ではホイットマンの詩が大きな役割を果たしている。そして一作目の『アラスカを追いかけて』の中心を貫くテーマは「苦しみの迷宮からどうやって抜け出すか」。出典はガルシア・マルケスの『迷宮の将軍』だ。しかし、『アラスカ』で、主人公の男の子「ぼく」と女の子「アラスカ」が、真夜中、ふたりきりで残った寄宿舎の草原に寝転んで、安物のワインを飲みながら、心を通わす場面に出てくるのはカート・ヴォネガットだ。

ぼくたちはサッカー場と林の間の、背の高い草の中に寝転んで、ボトルをやりとりして、頭を上げては、まずいワインを飲んだ。アラスカはリストに書いてあった通り、カート・ヴォネガットの本を持ってきていて、読んでくれた。そのやわらかい声が、カエルのしゃがれた声やバッタがまわりにそっと降りてくる音と混じった。言葉よりも、朗読の調子やリズムのほうが印象的だった。もう何度も読んだことがあるらしく、よどみなく、自信にあふれていた。その声をきいているだけで、彼女がほほえんでいるのがわかるくらいで、ほほえんでいるのがわかる声をきいて、アラスカ・ヤングが読んでくれれば小説が好きになれそうな気がした。

本書の単行本版あとがきで、『ハイスクールUSA』から、「学園映画ではサリンジャーよりも圧倒的に、カート・ヴォネガット、『ライ麦畑』より『スローターハウス5』への支持が強い」という一文を引用したのだが、ジョン・グリーンの作品でもヴォネガットの作品がじつに効果的に使われている。

そしていまのアメリカを、いまの世界をみる限り、ヴォネガットのこの遺作のインパクトはいよいよ強くなってきているように思う。これはヴォネガットの絶望と希望の書といっていい。

ぜひ若い人々に読んでほしい。

二〇一七年二月十三日

金原瑞人

解説　ヴォネガット的瞬間

巽　孝之

二〇一二年夏、ヴォネガットの生地である北米は中西部、インディアナ州の州都インディアナポリスを初めて訪れた。

シカゴで開かれた第七十回世界SF大会（八月三十日〜九月三日）に出席したあと、ちょうど『現代作家ガイド6　カート・ヴォネガット』（彩流社）を共同で編纂した相棒であるアーティストのYOUCHAN（伊藤優子）氏が、ぜひともインディアナポリスへ足を延ばし、この本を同地にあるカート・ヴォネガット記念図書館（KVML）へ直接謹呈《きんてい》したいと言い出したのである。同行したのはほかに批評家の小谷真理《こたにまり》氏と作家の立原透耶《たちはらとうや》氏だったから、道中退屈になる心配はまったくない。さっそく九月三日（月曜日）の早朝、シカゴでレンタカーを借り、一路イリノイ州から隣りのインディアナ州まで飛ばすこと五時間、われわれはついにインディアナポリスへ到着した。

かくして翌日九月四日（火曜日）の朝には予定どおり、同図書館を訪れた。噂にたがわず、愛用タイプライターの置かれたデスクとともに、作家の書斎がそっくりそのまま復元されている。書斎の壁を所狭しと埋め尽くす書棚には世界各国のヴォネガット翻訳がぎっしり並ぶ。引き続き、作家の通ったショートリッジ高校や、その祖父が建築したドイツ移民のための豪奢《ごうしゃ》な施設アセナウム（いまはYMCAとレストラン）をも突き止め、この町を大いに堪能した次第だ。

中学時代、ハヤカワ・ノヴェルズの一環として出たばかりの伊藤典夫《いとうのりお》訳『猫のゆりかご』を初めて読んでから、四四年の果てに訪れたヴォネガット的瞬間。それは、長いこと愛読してきた作家の原点にとうとう迫ることのできた聖地への旅であった。

＊

原書刊行の一九六三年から五年を経《へ》て刊行されたこのハヤカワ・ノヴェルズ版『猫のゆりかご』を、わたしは至るところ線を引きながら読んだ。原爆開発にも協力したマッド・サイエンティストが発明した超兵器アイスナインによって訪れる世界の終わりという発想もさることながら、カリブ海に浮かぶ島サン・ロレンゾの住民たちが独裁者の目を盗み、「フォーマ」（無害な非真実）を教義に据えるボコノン教を信仰してやまないという一風変わった設定にも大いに惹かれたものだ。

一九六八年といえば、時あたかもアーサー・C・クラーク&スタンリー・キューブリック共作『2001年宇宙の旅』とともに、ピエール・ブール原作／フランクリン・シャフナー監督『猿の惑星』やロジェ・バディム監督／ジェーン・フォンダ主演『バーバレラ』も公開されて、時ならぬSFブームが未来への夢をかきたてた年。しかし一方では、リチャード・ニクソン大統領の当選とともにアメリカ側のヴェトナム戦争における旗色が悪くなり、戦争に加担したかどで学生たちから抗議を受けたコロンビア大学が封鎖、マーティン・ルサー・キング牧師やロバート・ケネディ上院議員が相次いで暗殺されて、同時代の悪夢が深まった年でもある。

いっぽう一九六三年、すなわち『猫のゆりかご』原作が発表された年そのものは、前年六二年十月のキューバ・ミサイル危機により、ケネディ大統領とフルシチョフ第一書記の決死の交渉なかりせば、いまにも第三次世界大戦とともに全面核戦争が勃発《ぼっぱつ》しかねない緊張を迎えていた。その気分は一九六三年のケネディ暗殺をはさみ、一九六四年に発表されたキューブリック監督『博士の異常な愛情』や我が国の小松左京《こまつさきょう》の長編小説『復活の日』にも如実に反映されている。このような経緯をふまえれば、激動の六〇年代というのはその前半のキューバ・ミサイル危機の解決において全面核戦争こそ免《まぬが》れたとはいえ、後半のヴェトナム戦争の泥沼化において局地的核兵器使用がなされるかもしれないという不安に世界がおののいた、それこそディストピア的不安満載の時代であった。そんな時代のシリアスな気分をポップな文体で一気に掬《すく》い取《と》り、独特のブラックユーモアで洒落《しゃれ》のめしてしまったヴォネガットの『猫のゆりかご』が大学キャンパスを中心にカルト的人気を誇り、一大ベストセラーになったのは、ごく当然だったろう。

以来、彼の作品を愛読してきたわたしは、すでに何度か記念すべきヴォネガット的瞬間を迎えている。

最初は一九八〇年代、ロナルド・レーガン大統領の任期が始まり別名スターウォーズ計画ともいわれるSDI（戦略防衛構想）が再び核戦争の恐怖を煽《あお》る中、八四年に国際PEN大会が東京で開かれた折に来日した作家本人と、筒井康隆《つついやすたか》氏を交えて歓談し、八六年、コーネル大学大学院留学中には国際PEN大会がニューヨークで開かれた折に、アリス・ウォーカーらとともに雄弁をふるうヴォネガットと再会したことだ。次に、二〇〇一年9・11同時多発テロのあと、報復に燃えるジョージ・W・ブッシュ政権がアフガニスタン爆撃に続きイラク戦争を開始し、劣化ウラン弾の使用をも厭《いと》わなかったため、二〇〇四年にはそれに対する徹底抗議というかたちでヴォネガットが生命を賭《か》けたこの遺著『国のない男』を一読し、感嘆したことだ。そして三度目は、二〇〇七年のヴォネガット没後に〈SFマガジン〉同年九月号における追悼特集号を責任編集したのちに、二〇一一年3・11東日本大震災をはさんで前掲YOUCHANと現代作家ガイドを共編し、それが機縁で、ついに二〇一二年夏にはヴォネガットの生地転じては聖地への巡礼が実現したことだ。

そして、まさにインディアナポリスを初訪問したことにより、この『国のない男』が、かの『スローターハウス5』（一九六九年）で正面に据えたドレスデン爆撃を再び回想するところから始まり、ブッシュ政権批判に終始したいきさつも、腑《ふ》に落ちたのである。

それを説明する前に、まずは本書タイトルのゆえんを含む本書第八章を再確認しておこう。同章は、ヴォネガットがSF作家アイザック・アシモフのあとを継いでアメリカ人間主義者協会の名誉会長に選ばれたエピソードから始まっているが、後半はブッシュ政権のせいでアメリカ人がいま「世界中の人々から、かつてのナチスと同じくらい恐れられ、憎まれている」こと、現在アメリカの指導者たちが宗教や人種、階級への差別から非人道的なふるまいをしてきたことを糾弾したうえで、下記の宣言を導く。

「というわけで、わたしには国がない。よるべき人は図書館員、よるべき新聞はシカゴの〈イン・ズィーズ・タイムズ（*In These Times*）〉くらいだ」（本書111頁）

＊

わたしには国がない――ブッシュ政権下、イラク戦争により反米・嫌米・排米の空気が蔓延《まんえん》する世界でこう言明せざるをえなかった晩年のヴォネガットの気持ちは、没後十年経《た》った二〇一七年のトランプ政権下、不条理な移民入国規制の大統領令が発布され、人種差別どころか性差別においても尋常ではなく、少なからぬ亡命者を出そうとしている世界においても、ますます増幅している。だが、この問題は一見そう映る以上に根深い。

それを考えるには、ヴォネガット家がアメリカでは主流派に属するドイツ系移民であり（何しろ人口三億一千七百万のうち五千万人、すなわち全体の六分の一がドイツ系なのだ）、インディアナポリスというのはまさにドイツ系移民の共同体が中核を成す街だったという厳然たる事実にさかのぼる必要がある。したがって、もともとドイツ系移民の建築一家に生まれたヴォネガットにしてみれば、「国がない」どころか、自身の民族的血統が主流を成すインディアナポリスという名のれっきとした「故郷《くに》」に恵まれている。にもかかわらず、いったいどうして自身を「国のない男」と定義しようとするのか。

ここで改めて、ブッシュ政権下のイラク戦争よりも六十年ほど前の第二次世界大戦末期に、カート・ヴォネガット自身が従軍しドイツはドレスデンで捕虜となり、連合軍の爆撃に遭《あ》ったことを思い出そう。一般に、同大戦における最大のクライマックスは何といっても広島、長崎への原爆投下であるはずだが（アメリカ側にとっては真珠湾奇襲であろう）、ヴォネガットにとっては、すでに彼の『スローターハウス5』以降何度となく回想されているように、ドレスデン爆撃こそはナチスのアウシュヴィッツ大量虐殺に勝るとも劣らぬポスト・アポカリプス、転じては「国のない男」への第一歩であった。正直なところ、中学時代にヴォネガットを読み始めたころのわたしは、そのことの意味がいまひとつよく摑《つか》めていない。しかしインディアナポリスを訪問したあととなっては、つくづく実感したのである。もともとドイツ系移民であったヴォネガット家だからこそドイツ系移民の首都インディアナポリスで平和に繁栄を遂げてきたはずだが、いざ第二次世界大戦が始まるやいなや、カート・ヴォネガットが自分自身の民族的出自であるドイツそのものを敵と見据え闘わざるをえなくなったという、その存在論的矛盾を。しかも、当のドイツに囚《とら》われの身となったがために、本来は自身を守る味方であるはずの連合軍による爆撃をも耐え忍ばねばならなくなったという、軍事的・政治的矛盾を。この時こそ、ヴォネガットは自身が国というものをなくしてしまったことを最も切実に感じたのではなかったか。故郷喪失や国籍離脱といったモチーフはモダニズム文学以降の定番だが、ポストモダニズム作家ヴォネガットにとっては、まさに世界大戦というファクターこそが、自身をあらかじめ「国のない男」に仕立て上げていたのであり、だからこそ『タイタンの妖女』や『スローターハウス

5』に現れる時空を超越した異星トラルファマドールを、国のない男のための国として創造せねばならなかったのではなかろうか。

もちろん、前述のとおり、アメリカにおけるドイツ系移民は多数派であるから、第二次世界大戦において日独伊との敵対関係が明らかになっても、たとえば日系移民のように、強制収容所へ送られるということはなかった。ただしドイツ系というだけでナチスとの関係を疑われかねなかったのは事実であるから、いかにもドイツ的な地名や人名をアメリカ風に変えたり、自身の子供に民族的意識を与えないまま育てたりといった操作は必要だった。こうしたドイツ系移民ならではの複雑な事情については、ヴォネガット自身が米独間で引き裂かれた二重スパイの運命を『母なる夜』（一九六一年）で物語り、チャールズ・J・シールズが浩瀚《こうかん》な伝記『人生なんて、そんなもさ――カート・ヴォネガットの伝記』（二〇一一年、金原瑞人・桑原洋子・野沢佳織訳、柏書房、二〇一三年）で明らかにしたとおりである。

そして二一世紀。あれほど戦争の惨禍《さんか》を憎み、かつて反機械主義者《ラッダイト》代表として一九六九年のアポロ11号の月面初着陸すらも歓迎しなかったヴォネガットは、二〇〇一年以後、自身の国家が再びアフガニスタン空爆やイラク戦争に突入し、非人間的な大虐殺にのぞむのを目の当たりにした。彼はその渦中、バラク・オバマが次期大統領に選ばれる二〇〇八年を待たずに亡くなってしまったが、今年二〇一七年にはもうひとりのドイツ系移民の末裔《まつえい》であるドナルド・トランプが新大統領としてイスラム系国家からの移民規制を行い、有害なる非真実を「脱真実《ポスト・トゥルース》」「もうひとつの事実《オールタナティヴ・ファクト》」の名のもとに撒《ま》き散《ち》らしている。かのトランプ大統領の父が、戦時中のナチスのイメージで見られることを畏《おそ》れ、ドイツ系移民であるのをひた隠しにしてスウェーデン系移民という虚偽を名乗ったことを考えれば、まさに隔世《かくせい》の感というべきか。ボコノンの標榜する無害なる非真実《フォーマ》の意義は、いまこそ再評価されねばならない。

最晩年のカート・ヴォネガットが本書『国のない男』を刊行した時のヴィジョンは古びるどころか、ますます鋭角的に現代アメリカの排外主義を抉《えぐ》るだろう。人間が最大のよりどころたる「国」をなくしかねないというヴォネガット的瞬間は、いまや地球上すべての人間が共有すべき可能性と化したのである。

（たつみ・たかゆき　慶應義塾大学文学部教授・アメリカ文学専攻）

1984）

84 *Nothing is Lost Save Honor*〔未訳〕

85 *Galápagos*『ガラパゴスの箱船』（浅倉久志訳／早川書房 1986）

87 *Bluebeard*『青ひげ』（浅倉久志訳／早川書房 1989）

90 *Hocus Pocus*『ホーカス・ポーカス』（浅倉久志訳／早川書房 1992）

91 *Fates Worse Than Death*『死よりも悪い運命』（浅倉久志訳／早川書房 1993）

97 *Timequake*『タイムクエイク』（浅倉久志訳／早川書房 1998）

99 *Bagombo Snuff Box*『バゴンボの嗅ぎタバコ入れ』（浅倉久志、伊藤典夫訳／早川書房 2000）

God Bless You, Dr. Kevorkian〔未訳〕

2005 *A Man Without a Country*『国のない男』（金原瑞人訳／日本放送出版協会 2007）

08 *Armageddon in Retrospect*『追憶のハルマゲドン』（浅倉久志訳／早川書房 2008）

09 *Look at the Birdie*『はい、チーズ』（大森望訳／河出書房新社 2014）

11 *While Mortals Sleep*〔未訳〕

12 *We Are What We Pretend to Be*〔未訳〕

13 *Sucker's Portfolio*〔未訳〕

If This Isn't Nice, What Is?: Advice to the Young『これで駄目なら若い君たちへ』（円城塔訳／飛鳥新社 2016）

Vonnegut by the Dozen〔未訳〕

14 *Kurt Vonnegut: Letters*〔未訳〕

Kurt Vonnegut Drawings〔未訳〕

カート・ヴォネガット作品一覧

1952 *Player Piano*『プレイヤー・ピアノ』（浅倉久志訳／早川書房 1975）

59 *The Sirens of Titan*『タイタンの妖女』（浅倉久志訳／早川書房 1972）

61 *Canary in a Cathouse*〔未訳〕

Mother Night『母なる夜』（池澤夏樹訳／白水社 1973）

63 *Cat's Cradle*『猫のゆりかご』（伊藤典夫訳／早川書房 1968）

65 *God Bless You, Mr. Rosewater*『ローズウォーターさん、あなたに神のお恵みを』（浅倉久志訳／早川書房 1977）

68 *Welcome to the Monkey House*『モンキー・ハウスへようこそ』（伊藤典夫他訳／早川書房 1983）

69 *Slaughterhouse-Five*『スローターハウス５』（伊藤典夫訳／早川書房 1973）

70 *Happy Birthday, Wanda June*『さよならハッピー・バースディ』（浅倉久志訳／晶文社 1986）

72 *Between Time and Timbuktu*〔未訳〕

73 *Breakfast of Champions*『チャンピオンたちの朝食』（浅倉久志訳／早川書房 1984）

74 *Wampeters, Foma & Granfalloons*『ヴォネガット、大いに語る』（飛田茂雄訳／サンリオ 1984）

76 *Slapstick*『スラップスティック』（浅倉久志訳／早川書房 1979）

79 *Jailbird*『ジェイルバード』（浅倉久志訳／早川書房 1981）

80 *Sun, Moon, Star*『お日さま お月さま お星さま』（浅倉久志訳／国書刊行会 2009）

81 *Palm Sunday*『パームサンデー』（飛田茂雄訳／早川書房 1984）

82 *Deadeye Dick*『デッドアイ・ディック』（浅倉久志訳／早川書房

『国のない男』2007年７月　日本放送出版協会刊

A MAN WITHOUT A COUNTRY by KURT VONNEGUT
Copyright ©Kurt Vonnegut, 2005
This edition was licensed by
Seven Stories Press, Inc., New York, U.S.A., the originating publisher
through Japan UNI Agency, Inc., Tokyo
Japanese paperback edition
Copyright ©2017 by Chuokoron-Shinsha, Inc., Tokyo

中公文庫

国《くに》のない男《おとこ》

2017年3月25日　初版発行
2023年6月30日　再版発行

著　者　カート・ヴォネガット
訳　者　金原《かねはら》 瑞人《みずひと》
発行者　安部 順一
発行所　中央公論新社
〒100-8152　東京都千代田区大手町1-7-1
電話　販売 03-5299-1730　編集 03-5299-1890
URL https://www.chuko.co.jp/
DTP　ハンズ・ミケ
印　刷　三晃印刷
製　本　小泉製本

©2017 Mizuhito KANEHARA
Published by CHUOKORON-SHINSHA, INC.
Printed in Japan　ISBN978-4-12-206374-7 C1197
定価はカバーに表示してあります。落丁本・乱丁本はお手数ですが小社販売部宛お送り下さい。送料小社負担にてお取り替えいたします。

●本書の無断複製（コピー）は著作権法上での例外を除き禁じられています。また、代行業者等に依頼してスキャンやデジタル化を行うことは、たとえ個人や家庭内の利用を目的とする場合でも著作権法違反です。

中公文庫既刊より

い-3-3
スティル・ライフ
池澤夏樹
ある日ぼくの前に佐々井が現われ、ぼくの世界を見る視線は変った。しなやかな感性と端正な成熟が生みだす青春小説。芥川賞受賞作。〈解説〉須賀敦子
201859-4

い-3-6
すばらしい新世界
池澤夏樹
ヒマラヤの奥地へ技術協力に赴いた主人公は、人々の暮らしに触れ、現地に深く惹かれてゆく。人と環境の関わりを描き、新しい世界への光を予感させる長篇。
204270-4

お-51-5
ミーナの行進
小川洋子
美しくて、かよわくて、本を愛したミーナ。あなたとの思い出は、損なわれることがない——懐かしい時代に育まれた、ふたりの少女と、家族の物語。谷崎潤一郎賞受賞作。
205158-4

お-51-6
人質の朗読会
小川洋子
慎み深い拍手で始まる朗読会。耳を澄ませるのは人質たちと見張り役の犯人、そして……。しみじみと深く胸を打つ、祈りにも似た小説世界。〈解説〉佐藤隆太
205912-2

か-18-7
どくろ杯
金子光晴
『こがね蟲』で詩壇に登場した詩人は、その輝きを残し、夫人と中国に渡る。長い放浪の旅が始まった——青春と詩を描く自伝。〈解説〉中野孝次
204406-7

か-18-9
ねむれ巴里
金子光晴
深い傷心を抱きつつ、夫人三千代と日本を脱出した詩人はヨーロッパをあてどなく流浪する。『どくろ杯』につづく自伝第二部。〈解説〉中野孝次
204541-5

か-18-10
西ひがし
金子光晴
暗い時代を予感しながら、喧噪渦巻く東南アジアにさまよう詩人の終りのない旅。『どくろ杯』『ねむれ巴里』につづく放浪の自伝。〈解説〉中野孝次
204952-9

各書目の下段の数字はISBNコードです。978-4-12が省略してあります。

か-57-2
神様
川上弘美
四季おりおりに現れる不思議な生き物たちとのふれあいと別れを描く、うららでせつない九つの物語。ドゥ・マゴ文学賞、紫式部文学賞受賞。
203905-6

か-57-6
これでよろしくて？
川上弘美
主婦の菜月は女たちの奇妙な会合に誘われて……夫婦、嫁姑、同僚。人との関わりに戸惑いを覚える貴女に好適。コミカルで奥深いガールズトーク小説。
205703-6

か-61-3
八日目の蟬《せみ》
角田光代
逃げて、逃げて、逃げのびたら、私はあなたの母になれるだろうか……。心ゆさぶるラストまで息もつがせぬ傑作長編。第二回中央公論文芸賞受賞作。〈解説〉池澤夏樹
205425-7

か-61-4
月と雷
角田光代
幼い頃暮らしをともにした見知らぬ女と男の子。再び現れたふたりを前に、泰子の今のしあわせが揺らいで……偶然がもたらす人生の変転を描く長編小説。
206120-0

す-24-1
本に読まれて
須賀敦子
バロウズ、タブッキ、ブローデル、ヴェイユ、池澤夏樹……。こよなく本を愛した著者の、読む歓びが波のようにおしよせる情感豊かな読書日記。
203926-1

た-15-9
新版 犬が星見た ロシア旅行
武田百合子
夫・武田泰淳とその友人、竹内好との旅を、天真爛漫な目で綴った旅行記。読売文学賞受賞作。竹内好の随筆「交友四十年」を収録した新版。〈解説〉阿部公彦
206651-9

た-15-10
富士日記(上) 新版
武田百合子
夫・武田泰淳と過ごした富士山麓での十三年間を克明に描いた日記文学の白眉。昭和三十九年七月から四十一年九月分を収録。〈巻末エッセイ〉大岡昇平
206737-0

た-15-11
富士日記(中) 新版
武田百合子
愛犬の死、湖上花火、大岡昇平夫妻との交流。昭和四十一年十月から四十四年六月の日記を収録する。田村俊子賞受賞作。〈巻末エッセイ〉しまおまほ
206746-2

各書目の下段の数字はISBNコードです。978-4-12が省略してあります。

た-15-12	富士日記（下）新版	武田百合子	季節のうつろい、そして夫の病。山荘でともに過ごした最後の日々を綴る。昭和四十四年七月から五十一年九月までを収めた最終巻。〈巻末エッセイ〉武田 花	206754-7
ほ-12-1	季節の記憶	保坂和志	ぶらりぶらりと歩きながら、語らいながら、うつらうつらと静かに時間が流れていく。鎌倉・稲村が崎を舞台に、父と息子の初秋から冬のある季節を描く。	203497-6
ほ-16-1	回送電車	堀江敏幸	評論とエッセイ、小説。その「はざま」にある何かを求め、文学の諸領域を軽やかに横断する——著者の本領が発揮された、軽やかでゆるやかな散文集。	204989-5
ほ-16-6	正弦曲線	堀江敏幸	サイン、コサイン、タンジェント。この秘密の呪文で始動する、規則正しい波形のように——暮らしはめぐる。思いもめぐる。第61回読売文学賞受賞作。	205865-1
ま-35-1	テースト・オブ・苦虫1	町田　康	会話が通じない。ひょっとしておかしいのは自分？　日常で嚙みしめる人生の味は、苦虫の味。文筆の荒法師、町田康の叫びを聞け。〈解説〉田島貴男	204933-8
ま-35-2	告白	町田　康	河内音頭にうたわれた大量殺人事件「河内十人斬り」をモチーフに、永遠のテーマに迫る、著者渾身の長編小説。谷崎潤一郎賞受賞作。〈解説〉石牟礼道子	204969-7
む-4-3	中国行きのスロウ・ボート	村上春樹	1983年——友よ、ぼくらは時代の唄に出会う。中国人とのふとした出会いを通して青春の追憶と内なる魂の旅を描く表題作他六篇。著者初の短篇集。	202840-1
む-4-9	Carver's Dozen レイモンド・カーヴァー傑作選	カーヴァー 村上春樹 編訳	レイモンド・カーヴァーの全作品の中から、偏愛する短篇、エッセイ、詩12篇を新たに訳し直した〝村上版ベスト・セレクション〟。作品解説・年譜付。	202957-6

整理番号	タイトル	著者/訳者	内容紹介	ISBN
む-4-10	犬の人生	マーク・ストランド 村上春樹訳	「僕は以前は犬だったんだよ」……とことんオフビートで限りなく繊細。村上春樹が見出した、アメリカ現代詩界を代表する詩人の異色の処女〈小説集〉	203928-5
む-4-11	恋しくて TEN SELECTED LOVE STORIES	村上春樹編訳	恋する心はこんなにもカラフル。海外作家のラブ・ストーリー＋本書のための自作の短編小説「恋するザムザ」を収録。各作品に恋愛甘苦度表示付。	206289-4
モ-9-1	白檀の刑（上）	莫言 吉田富夫訳	膠州湾一帯を租借したドイツ人に妻子と隣人の命を奪われた孫丙は、復讐として鉄道敷設現場を襲撃する。哀切な猫腔の調べにのせて花開く壮大な歴史絵巻。	205366-3
モ-9-2	白檀の刑（下）	莫言 吉田富夫訳	捕らわれた孫丙に極刑を下す清朝の首席処刑人・趙甲。生涯の誇りをかけて、一代の英雄にふさわしい未曾有の極刑を準備する。現代中国文学の最高峰、待望の文庫化。	205367-0
オ-1-2	マンスフィールド・パーク	オースティン 大島一彦訳	貧しさゆえに蔑まれて生きてきた少女が、幸せな結婚をつかむまでの物語。作者は優しさと機知に富む一方、鋭い人間観察眼で容赦なく俗物を描く。	204616-0
オ-1-3	エマ	オースティン 阿部知二訳	年若く美貌で才気にとむエマは恋のキューピッドをきどるが、他人の恋も自分の恋もままならない……「完璧な小説家」の代表作であり最高傑作。〈解説〉阿部知二	204643-6
ク-1-2	地下鉄のザジ 新版	レーモン・クノー 生田耕作訳	地下鉄に乗ることを楽しみにパリを訪れた少女ザジ。ストで念願かなわず、街で奇妙な二日間を過ごす。文学に新地平を拓いた前衛小説。〈新版解説〉千野帽子	207120-9
サ-7-1	星の王子さま	サンテグジュペリ 小島俊明訳	砂漠に不時着した飛行士が出会ったのは、ほかの星からやってきた王子さまだった。永遠の名作を、カラー挿絵とともに原作の素顔を伝える新訳でおくる。	204665-8

各書目の下段の数字はISBNコードです。978-4-12が省略してあります。

シ-1-2
ボートの三人男
J・K・ジェローム
丸谷才一 訳
テムズ河をボートで漕ぎだした三人の紳士と犬の愉快で滑稽、皮肉で珍妙な物語。イギリス独特の深い味わいの傑作ユーモア小説。〈解説〉井上ひさし
205301-4

セ-1-3
夜の果てへの旅（上）新装版
セリーヌ
生田耕作 訳
仏人医学生バルダミュは第一次大戦で絶望し、暗黒遍路の旅へ出る。「呪われた作家」の鮮烈なデビュー作。〈座談会〉中上健次他「根源での爆発、そして毒」
207160-5

セ-1-4
夜の果てへの旅（下）新装版
セリーヌ
生田耕作 訳
アフリカ、米国と遍歴を重ねたバルダミュは、パリ郊外で医院を開業するが——。世界に衝撃を与えた二〇世紀文学の重要作品。〈巻末エッセイ〉四方田犬彦
207161-2

タ-8-1
虫とけものと家族たち
ジェラルド・ダレル
池澤夏樹 訳
ギリシアのコルフ島に移住してきた変わり者のダレル一家がまきおこす珍事件の数々。溢れるユーモアと豊かな自然、虫や動物への愛情に彩られた楽園の物語。
205970-2

チ-1-3
園芸家12カ月 新装版
カレル・チャペック
小松太郎 訳
園芸愛好家が土まみれで過ごす、慌ただしくも幸福な一年。終生、草花を愛したチェコの作家チャペックによる無類に愉快なエッセイ。〈新装版解説〉阿部賢一
206930-5

チ-1-4
ロボット RUR
カレル・チャペック
阿部賢一 訳
人造人間の発明で、人類は真の幸福を得たはずだった——。「ロボット」という言葉を生み、発表から一〇〇年を経てなお多くの問いを投げかける記念碑的作品を新訳。
207011-0

テ-3-3
完訳 ロビンソン・クルーソー
ダニエル・デフォー
増田義郎 訳・解説
無人島に漂着したロビンソンは、持ち前の才覚と粘り強さを武器に生活を切り開く。文化史研究の第一人者が不朽の名作を世界経済から読み解く、新訳・解説決定版。
205388-5

ホ-3-2
ポー名作集
E・A・ポー
丸谷才一 訳
理性と夢幻、不安と狂気が綾なす美の世界——短篇の名手ポーの代表的傑作「モルグ街の殺人」「黄金虫」「黒猫」「アシャー館の崩壊」全八篇を格調高い丸谷訳でおさめる。
205347-2